ALPHAPOLIS
WEB CITY SINCE 2000

# ルーントルーパーズ 2
## 自衛隊漂流戦記

A L P H A L I G H T

浜松春日
Kasuga Hamamatsu

アルファライト文庫

主な登場人物
MAIN CHARACTERS
久世啓幸
陸上自衛隊三等陸尉。偵察部隊を率いてマリースアへ赴き、戦いに巻き込まれた。
蕪木紀夫
海上自衛隊海将補にして、艦隊の最高責任者。現場主義が災いし、出世コースから外れる。
市之瀬竜治
久世の部下で二等陸士。小隊では狙撃手を務めている。若くて生意気。
加藤修二
海上自衛隊首席幕僚で蕪木の右腕。オタク趣味。

クリスティア
“水底の王国”の王女。
巫女でもある。
ハミエーア
マリースア南海
連合王国の女王。
幼いながらも王としての
威厳を備えている。
ルー
ハイエルフの女性。
美貌とは裏腹に、
残念な性格の持ち主。
リュミ
聖光母教の神官戦士。
帝国軍の奇襲の際、
久世と共に戦った。

# 目次

# 序章　二人の妖精

マリースア南海連合王国の辺境。

突き抜けるような青空の下、黄金の絨毯（じゅうたん）——よく育った麦が、風に揺られて静かな旋律（せんりつ）を奏（かな）でている。

どこまでも広がる長閑（のどか）で平和な風景だった。

——うんざりしてくるほどに。

彼女は「うはぁ……」と心底退屈そうに空を見上げて、馬車の荷台に積まれた藁（わら）の上に寝ころんだ。

「ところでお嬢さん、次の宿場町からはどこへ行きなさる？」

「あん？」

見ず知らずである彼女を乗せた老人が、御者台（ぎょしゃだい）から声をかけた。

彼女は、農作物を次の宿場町まで卸（おろ）しに行く途中だった彼と出会い、馬車に便乗させてもらったのだ。ただ、野菜好きの彼女ながら、イモ臭い荷台にはいささか辟易（へきえき）していた。

とはいえ、タダ乗りさせてもらっている手前、贅沢は言えない。

「うーん、とりあえず久々に海が見たくって」

「ホホッ！　それは良いですな。今なら珍しいモノが見れるっちゅう話ですしのう」

「珍しいモノ？」

彼女はそれまでの退屈そうな表情から一転、目を輝かせた。

老人は馬の手綱を握りながら、一度振り返って誇らしげに言った。

「お嬢さん、この間の戦のことはご存じで？」

「ああ、マリースアが継承帝国軍の奇襲を撃退したって話よね？」

噂ならここへ来る前、隣国で散々聞いた。

隣国の街では号外が張り出され、人々が群がっていた。また、距離と時間を考えるとおかしいのだが、戦いの光景を見てきたと吹聴する吟遊詩人が、酒場でそれを即興の歌にしているのも聴いた。

マリースアの勝利は、帝国の侵略に怯える国々の希望の光になっていた。

だが、彼女はその情報に対して半信半疑だった。

どうせ、威力偵察を撃退していい気になっている程度に違いないと思っていたからだ。

「帝国の脅威は誰にとっても身近だから、えっらい喜びようだったわねぇ」

「でしょうでしょう！」

マリースア人の老人は我が事のように誇らしげだ。そんな彼に、彼女は冷静な言葉を投げかける。

「でも、無敵だった帝国の竜騎士団をぶっ倒したって話だけど、それが本当だとして、そんだけの力を、どーしてマリースア一国が持ってるのよ？」

「それですがの、異世界からの召喚軍だかを女王ハミエーア様が呼び出して、味方につけたのですよ」

彼女は荷台で思わず起き上がった。

「異世界からの召喚軍？　何ソレ？　召喚獣じゃなくて、軍勢を召喚したっての？」

はしたなく股を広げて胡座をかき、興味津々といった様子でいくつも質問を浴びせる。

「詳しいことは分からんのですが、その力を助けとして、マリースア騎士団は雲霞のごとく襲いくる帝国の竜どもをバッタバッタと倒していったらしいですぞ」

「んなアホな」

この老人は、竜を倒すのにどれだけの戦力を必要とするのか分かっているのだろうか？

彼女はそれなりに荒事の経験もある。召喚獣を呼び出してさえ、精鋭の竜騎士団には歯が立たないことを知っていた。

「アホな、と言われましてもなぁ」

「アタシ、百九十年生きてるけど、ここまでデタラメな噂は初めてだわ」

「ホッホ！　エルフ様でもそう思われますかな？」

「……ったく。どうしてそんなに信じ切ってんだか」

温厚な老人にこれ以上文句を言ってもしょうがない。彼女は大きく伸びをした。そのとき、彼女のような胡散臭い旅人を、老人が馬車に乗せることにした理由がピクンと逆立つ。

笹のように細長い耳。それに驚くほどに白く、きめ細かい肌。

彼女はエルフ族、神秘性と長命を持つ森の守り人だった。

ただし、頬や二の腕、そして太股に描かれている紋章が、ハイエルフ族のものであることまでは、老人も気付いていない。

エルフ族が人里に現れることは、ほとんどない。彼女は数少ない例外だった。

老人はその美しさと、稀な存在に出会ったことそのものに吉兆を見出したのか、快く彼女を次の宿場町まで乗せてくれたのである。

そんな神秘的なエルフ族であるはずの彼女が、俗っぽくニヤリと笑う。

「異世界からの軍勢、かぁ……面白そうねぇ」

その特徴的な耳にピアスを多数飾り付け、露出の多いきわどい服装をしたエルフの美女は、そう呟いた。こうして、彼女の次の旅の目的が見つかったのである。

◇

夜、居留地の広場には、部族のほとんどの者が集まっていた。

大多数が女と子供だ。男達は、これまで度々(たびたび)戦いに駆り出され、その数を大きく減らしていた。今も、どこかの戦場で血を流している者がいるはずだ。

夫の帰りを待つ女達の顔には、どこか諦めにも似た疲労の色が見え隠れしている。ただ、暗い顔をしているのは、夫の帰りを待つ女に限ったことではない。篝火(かがりび)に照らされた人々の表情には、皆一様(いちよう)に濃い不安の色が漂っていた。

広場の中央、皆を見渡せる位置に立っていた少女が、彼らの疲労や不安を吹き飛ばしたい一心で、大きく声を発した。

「将軍から命令が下(くだ)りました！」

皆の視線が彼女に集中する。

短い銀髪に、深い緋色(ひいろ)の瞳(ひとみ)。身体にピタリと吸い付くような黒い革製の服に身を包み、腰に二つの刺突短剣(ジャマダハル)を提(さ)げている。

それはある種異様な光景だった。何故(なぜ)なら、彼女がまだあまりにも幼かったからだ。外見的には、まだ十五年と生きていないのではないかと思われる。小柄で成熟していない身体つきが、ひどく頼りない。

だが、この場にいる全員が、その少女の言葉に真剣に耳を傾けた。

他でもない、部族長の娘である彼女の言葉を。

「デメテル大陸での任務です」

どよめきが、さざ波のように広がった。

海の向こうの大陸とは、あまりにも遠すぎる。

いや、それだけではない。その地が帝国領ではないことも不吉だった。孤立無援の状態での敵地における任務は、未帰還率が桁違いに高いことを、この場にいる皆が経験で知っている。

そして、ここ帝国では箝口令が敷かれているにもかかわらず、デメテル大陸に侵攻した帝国軍の精鋭が壊滅させられたという噂は、彼らの耳にも入っていた。状況としては最悪だ。

「……また、家族を差し出さないといけないのかい？」

三人の息子を失い、最後に一人残った息子の身を案じる母親が尋ねた。

「心配はいりません。今回は誰からも大切な人を奪ったりはしない」

少女は痛みを堪えるような表情で答えた。その母親に残された息子は、まだ彼女より幼いのだ。

そして、彼女はさらに大きな声で宣言した。

「将軍と話をつけました。今回は、私が任務にあたります」

悲鳴にも似た声があちこちから上がった。

「そ、そんな⁉　あなたも部族長の最後の子供……」

「私は、もう子供ではありません。父が死んだ以上、今は私が部族長です」

少女は毅然としていた。部族の仲間を安心させるためだ。

だが、それでも仲間達は納得できない様子だった。もちろん少女も、そのような反応を予測していたため、自らの態度を崩さずに言葉を続ける。

「この任務に成功した暁には、現在戦場へ駆り出されている者を、全員帰還させることができます」

どよめきが、よりいっそう大きくなった。

家族の帰りを待つ者達が、希望と不安の入り交じった表情を浮かべて周囲と顔を見合わせる。そして、そのまま少女へと視線を向けた。

彼女が行き、成功すれば、全てがうまくいく……

部族長の娘として、もしかしたら、これは当然の責務なのではないのか？

それまで同情の色を見せていた面々も、心の奥にある感情が表に出るのを隠すことができなかった。少女はそんな仲間を恨もうとは思わない。

「だから、私は行きます」

彼女に対し、部族の者達はかつての部族長に対する敬意と同じ感情を抱いた。そして、そっと頭を垂れた。部族は、彼女のもとで一つになった。それは厳粛で、しかし悲壮な光景だった。

「姉様っ!」

突然、彼女の足に子供達が抱きついた。周りの大人が慌てて咎めようとしたが、少女はそれを目で制する。

「姉様……遠くに行っちゃうの?」

「父様みたいに、帰ってこなくなっちゃうの……?」

少女は膝を折り、大きくつぶらな瞳に涙を溜めた子供達と同じ目線になった。そして、母親のように優しく頷く。

「大丈夫ですよ。私は必ず帰ってきますから」

子供達の目が希望に輝いた。

「本当⁉」

「はい。本当です」

にっこりと笑った彼女の顔に、子供達がほっぺたをくっつけて笑った。

(この笑顔を守りたい……)

少女は心の底からそう思った。

この残酷な世界で意味があること、なすべきこと。それは、この子達を守ることだ。かけがえのない、家族である彼らを。

「ご武運を……」

部族長の亡き後に、少女を支えてきた女戦士の一人がそう囁いた。

少女は力強く頷く。そして、目にも留まらぬ速さで腰の刺突短剣を両手に構え、刃を交差させた。

彼女の表情は、鋭い暗殺者のそれだった。

月明かりに光る白刃と紅い瞳。

部族の皆を鼓舞するため、そして、子供達に種族の生き様を見せるため、彼女は叫んだ。

「ダークエルフの誇りにかけて！」

人間達が邪悪と死の象徴として恐れおののく、黒き種族の姿が、そこにはあった。

# 第1章　戦乱の後に

空が蒼かった。そして、海も蒼かった。

その色を指して〝マリンブルー〟とはよく言ったものだと、蕪木は思った。

それ以外に表現のしようがない色。海の魅力の一つだ。

たとえその海が、異世界の海であったとしても。

艦橋の外、目視での監視に使用される、ウイングと呼ばれるスペースで、彼はじっと海を眺めていた。

「アイスコーヒーで良かったですか？」

両手にカップを持った若い男が現れ、彼の横にそっと立った。

「すまんな」

蕪木は小さく礼を言ってカップを受け取った。海上自衛隊の紺色の幹部用作業服を着たこの人物は、階級章がなければ、艦隊司令官だとは誰も想像がつかないほど平凡な風貌をした初老の男であった。

「どうしたんです？　暇さえあれば艦橋に上がって、海を眺めるなんて」

ウイングの縁にもたれて、カップを傾ける若い男、加藤もそれは同じだった。彼が首席幕僚、いわゆる艦隊参謀であることを、メガネの奥で曖昧な笑みを浮かべているその表情から連想することは、難しい。

蕪木はそんな部下の問いに苦笑した。

「……私は君と違ってもう若くはない」

彼は再び海に視線を戻す。

そこには、彼らの乗艦も含めて五隻の艦船からなる海上自衛隊の艦隊が浮かび、その背後にマリースアの首都セイロードが広がっている。地球の古代海洋都市を思わせる白い家屋の目立つ街と、ステルス性を考慮して建造されたイージス艦のコントラストは、まるで質の悪い冗談のようだ。

「実感が湧かない、と？」

加藤の言葉は恐ろしく的確だった。そうだ、そうなのだ、と蕪木は思う。

「ああ。異世界へ漂流してきたことも、そこで戦争に介入してしまったことも、な」

一週間前だった。艦隊を包み込んだ突然の〝異変〟により、気がついたときには、自分達、日本の自衛隊国連派遣艦隊は、この平行世界へと迷い込んでいた。

そして、フィルボルグ継承帝国と呼ばれる軍事国家に侵略されつつある、ここマリースア南海連合王国に辿り着いた。

偵察に出したヘリコプターが帝国軍の攻撃を受け、墜落。無事だった隊員は襲いかかる〝竜〟に向かって重火器を使用し応戦、そして撃破。そのまま、なし崩しで戦争に巻き込まれてしまった。虐殺の危機にあるこの国の民と、隊員の生命を守るために、国連軍として武力行使に踏み切ったのだ。

無難に座視して人々の命を見捨てるか、人として戦いに飛び込むか。

究極の決断だった。

結果として、大勢のフィルボルグ兵を殺傷した。

不戦を国是とする日本。その国において〝専守防衛〟を不変の理念とする自衛隊のあり方からは、逸脱した行為である。蕪木は、いや加藤を含む多くの自衛官達が、そのことを理解していた。

だが自分達が、隕石を落下させるという驚異の攻撃まで防ぎ、目の前に存在する都市に住む数十万の人々を救ったこともまた、事実だった。

戦争に正義はない。フィルボルグ兵とマリースア国民、それぞれの命を天秤にかけたのは間違いない。だから、救った命を盾に、自身を正当化するしかなかった。

蕪木は青空を見上げる。

（……我々の判断は正しかったのか？）

いつまで経っても明確な答えなど出ない。無限のループに陥(おちい)っている気分だった。

蕪木は今もなお、悩んでいた。だが、決断し、部下に命令を下(くだ)した者として、それを表に出すようなことは決してしない。彼は冷えたコーヒーに口を付ける。自分がいた世界のようにプラスチック類のゴミが浮いていない、美しい海が広がっていた。

ヒューゥ、と甲高(かんだか)い鳴き声を上げながら、人を乗せた巨大な鳥が編隊を組んで飛んでいく。

マリースアの飛行軽甲戦士団(アヤム・エラング・サチュアン)だ。

巨大な鳥を誘導して旋回(せんかい)し、艦橋の二人の視界に入るように飛行した三騎——それに乗る騎士達が、剣を胸にかざす敬礼をした。

蕪木は背筋を伸ばし、額に手のひらをかざす自衛隊式の敬礼でそれに応じた。

——ああ、適応や理解はできないが、感じるものはある。彼は内心苦笑した。

軍人として、敬礼に敬礼で返す。それは、この異世界にあっても同じことなのだ。

ここにいるのは、着ているものや価値観は違えども、同じ〝人間〟に違いなかった。

「いやはや、しっかし、本当にファンタジーな世界なんだなぁ、ここ」

加藤は飛び去っていく巨大な鳥——この世界ではアルゲンタビスと呼ばれる——の見事なまでに美しい編隊飛行と、その騎手達の姿に感嘆(かんたん)する。

それにしても、と呟(つぶや)きながら、彼は〝いぶき〟のパーソナルマークの入った識別帽を脱いで頭を掻(か)いた。

（普通、漫画とかアニメとかラノベとか……そういうもんだと、異世界に召喚される奴って、何の変哲もない少年じゃなかったか？）

加藤は長期航海に備えて、かなりの数のアニメＤＶＤや漫画、ライトノベルなど、自身の趣味のものを艦内に持ち込んでいた。オカルト関係も含め、オタク方面には全般的に強かった。彼は雑食系で、何にでも手を出すタイプのオタクなのだ。

そして、そういったものの中でも特にオタク達に人気なのが、異世界に現代世界の人間が召喚されてしまうジャンルである。

それに比べると、自分達の置かれているこの状況は、かなり特異だ。

普通なら、何の能力もない、せいぜい現代世界の小物くらいしか持たないごく普通の主人公が、一人で異世界に召喚され、ツンデレ美少女と婚約させられたり、お姫様にこの世界を救って欲しいなどと頼まれたりするものだ。

だが、自分達は違う。良くも悪くも違う。

加藤は、碇を下ろして待機している護衛艦隊を見渡した。

自身が搭乗している、核ミサイル防衛システムまで積んだイージス護衛艦〝いぶき〟も含め、自分達は漂流者と呼ぶには過分な物を携えてしまっている。日本という国家の擁する武装集団――自衛隊なる〝武力〟を保持している。優しさだけが取り柄の主人公ではない。

だからこそ、この世界にとっても自分達自身にとっても、この状況は危険なのだ。

（……ああいう作品の主人公は良いねえ。少なくとも、自分が〝火種〟になる恐れがない場合が多いんだし。と言うか……）

加藤は隣の蕪木を見た。

（こんなおっさん召喚してどうすんのさ？）

そもそも異世界に召喚されたというのに、自分の横にいるのはどうしてこんな黄昏れた、定年間近のおっさんなんだろうか？

加藤はそれを心底残念に思う。

「……お前、今、凄く失礼なこと考えてないか？」

「いいえー、別にー」

加藤の掴み所のない性格に、蕪木は内心もやもやしながらコーヒーを飲む。幻想的な光景の中での、インスタントコーヒーの安っぽい味と香りは、どこか皮肉のようにも思える。

この――マリースアのアルゲンタビスが異界から現れた破邪の軍船と共にある風景は、こちらの世界の人々から見ても幻想的だろう。

継承帝国最精鋭の竜騎士団を一瞬で全滅させた最新鋭のイージス艦が、どこか不満そうに自衛艦旗をはためかせていた。

◇

その日、飛行軽甲戦士団の団長カルダは、異世界の艦隊の上空を飛んだ後、王城の会議に出席した。いつもは不毛な会議も、今回は女王陛下（へいか）が拝聴（はいちょう）しているので、いくらか様子が違うかもしれない。そう期待していたが、残念ながら今日も同じであった。

カルダがうんざりしていると、一人の将軍が野太い声を荒（あら）らげる。

「奴らを信用するなど言語道断（ごんごどうだん）である！」

賛同する声があちこちから上がる。

「将軍の仰（おっしゃ）る通りですぞ！　あのような、どこの馬の骨とも分からぬ連中、信じる方がどうかしておる」

それを聞いて、カルダは眉を顰（ひそ）めた。片眼鏡（モノクル）の奥の怜悧（れいり）な瞳（ひとみ）を、無骨（ぶこつ）な鎧（よろい）を着込んだ連中へと向ける。

（……また〝内地軍〟の奴らか）

玉座の間（ま）の半分近くを占有する連中に、カルダは心の中で舌打ちをした。

すると、彼らの中から、先ほどと同じ野太い声がした。

「異世界からやってきた召喚されし軍勢（ルーントルーパーズ）だと？　あんな気味の悪い格好（かっこう）をした伝説の英雄などいるものか！」

男の名はベレンゲル。マリースア南海連合王国〝内地軍〟の総大将である。

マリースアは連合王国と呼ばれるように、海洋民族であるマリーア人が、海の群島国家から大陸へと領土を広げた国である。海に近い王都セイロードを担当する王都守備隊は、伝統的にマリーア人を中心に編制されている。それとは対照的に、内陸の都市などは内地軍と呼ばれる非マリーア人が多い部隊が担当する。地上の国境線の防衛は、彼らの任務だった。

そのため、ベレンゲルを含めた内地軍の多くは、あの戦いにおけるルーントルーパーズの戦闘を見ていないのである。セイロード奇襲を知り、大慌て(おおあわ)で国境地帯から部隊を引き抜いて編制した内地軍が王都に到着した頃には、全てが終わっていた。

そして、彼らが見たもの。

それは、異世界からやってきた謎の集団が、堂々と自国に鎮座(ちんざ)している姿だった。

「そもそも、何故(なぜ)あやつらを王都へ上陸などさせたのだ⁉　今は聖光母(せいこうぼ)公園に陣を張り、妖(あや)しげな物を大量に持ち込んで、良からぬことを企んでいるそうではないか！」

その言葉に、カルダが立ち上がった。

「〝陸の隊〟の方々を、王都へ上陸させたのは私です。貴族の多くが戦死した中、女王陛下の許可が下りましたゆえ、彼らに助けを求めたまでです」

「〝助け〟だと？」

「戦災に見舞われた我らの民を助けたいと、彼らが申し出てくれたのです」

ざわ、と失笑にも似た声が上がった。

「バカバカしいにもほどがある！　何故、自国の人間でもない我らの民を助ける義理がある？」

「それは……」

カルダはしばし言葉に詰まった。

何故なら彼女自身も、その理由を完全には理解できていなかったからだ。

異世界からやってきた彼らは、無償で戦災に苦しむ民を救いたいと申し出た。態勢を立て直すことに夢中で、民のことなどほとんど考えていなかったカルダ達マリースアの軍人は、その申し出に驚いた。この世界において、軍隊とはあくまで敵と戦い、国を守るための組織である。民に手を差し伸べるという発想自体がなかった。カルダは、彼らの精神に感服した。彼女には想像もつかない価値観のもとで、彼らは行動しているのだ。

そして——彼女は見た。

傷ついた人々を、必死になって救い出そうとする彼らの姿を。

この国を救った英雄達が、泥にまみれて民を救おうとしているのを。

また、救えなかった命に涙しているのを。

カルダは不思議に思い、ある〝陸の隊〟の兵士に尋ねた。

何故、自分とは全く関わりのない国の人間の死がそんなに悲しいのか、と。

人種という観点から見ても、彼らはマリーア人とは明らかに異なる。髪の色から顔立ちまで、人間であること以外は、共通点が見当たらないように思えた。

『……俺は、ハンシンアワジとヒガシニホンを知ってるからなぁ。他人事には思えないんだよ、畜生(ちくしょう)』

呟(つぶや)くように答えると、その中年の兵士は、部下を率いて再び負傷者の救護に向かった。

カルダには、彼が何を言ったのか理解できなかった。だがそれでも、彼らの中に、苦しむ人々に対して他人事では済ませられない何かがあるのは分かった。

カルダはそのことを思い出し、不思議と目頭(めがしら)が熱くなった。彼らが何を感じて民を救っているのか――それは金や名誉が欲しいからではない。下心などないのだ。

しかし、彼らの行動はあまりにも突飛(とっぴ)で、普通なら不審に思われることをあえて行(おこな)っているようにさえ感じた。ただ、本当に何か良からぬことを考えているのなら、もっと利口な手段を取るはずだ。

何より、彼女はクゼという異世界の人間を知っていた。

彼の、あの気弱そうな顔。でも、自分の利益を一切顧(かえり)みない彼の行動の数々を知っている。

だから、彼女はこう答えるしかなかった。

理解されないと分かっていても。そして、自分でも理解しきっていないとしても。

「それが彼らにとって〝当然の行い〟だからです」

案の定、カルダには批判が集中した。

「金ももらわずに他国の民を救うのが当然の行いだと⁉　聖人でもそこまでできる奴はおらんわ！」

「我が国に取り入って、内部から侵略する手筈に違いない！」

「ただちに内地軍を動かして奴らを封じ込めるべきだ！」

まずいことに、内地軍に応援の声が上がり始めた。

カルダは、〝陸の隊〟の救援活動――確か彼らの言葉で〝サイガイハケン〟と呼ばれるものを、中断させたくはなかった。ゆえに、必死になって食い下がる。

「ならばベレンゲル将軍、あなたはその手で引き連れてきた兵を、この街の復興のために少しでも割いたか⁉　民に手を差し伸べ、共に戦災の労苦を分かち合おうとしたのか⁉」

「何を言っているのだ？　何故、我ら貴族がそんなことをする必要がある？」

カルダはベレンゲルの返答にハッとした。

自分は何を言っている？　ベレンゲルの言う通りだ。貴族である自分が、民と労苦を共にする必要はない。逆に、国を守ってやったのだから、民の労苦など安いものだ。

だが同時に、彼女はそのような自身の考え方に違和感も抱いた。他でもない、あの異世界からやってきた軍人達の姿を見てきたからだ。彼らは、そんなことを考えたりはしないだろう。何故だ？　彼女は、彼らの行動に感心はしても、彼らの考え方は分からなかった。分からないが、少なくともかつての自分と、今のベレンゲルの言葉が正しいとは思えなくなっている。

呆然とする彼女に隙ありと見たのか、さらなる批判の声が次々と上がった。

「論点をすり替えるな、この売国奴め！」

「貴様、それでもマリースア貴族か!?」

それらに対し彼女は、内地軍の高官達を射殺さんばかりの表情で叫ぶ。

「誰が売国奴か！　私はこの国を誰よりも愛している！　国とは民ではないのか!?　だからこそ、彼らの行いを止めたくないのだ！　そもそも彼らを封じ込めるだと？　笑止千万だ！　彼ら相手に戦いを挑んだが最後、我らは屍の山を築くことになるぞ！　この国を滅ぼすつもりか!?」

いよいよ会議の場は騒然となった。

「貴様ぁ！　我ら内地軍を愚弄するか!?」

血気盛んな青年将校が、今にも抜刀して彼女へ斬りかかりそうな剣幕で吠える。

「王都守備隊として城を守り抜いた功労者だからと、今まで黙って聞いていたが、その暴言、もう許せん！」と、武闘派で知られる騎士団長も追随した。

「私は城を守り抜いてなどいない！　この国を救ったのは他でもない、彼らだ！」

カルダは必死に説得しようとしたが、その言葉のことごとくが内地軍の神経を逆撫でするものだった。ベレンゲルは、もはや後に退けぬと、啖呵を切る。

「それほどまでに強い奴らであれば、今頃この国は攻め落とされておろう！　それができぬということは、奴らは弱っておるのだ！　ならば、我らの健在なる内地軍の戦力をもってすれば、鎧袖一触！」

ベレンゲルは鎧を軋ませ、玉座の前に跪いた。

まずい！　とカルダが焦る。

彼女の味方をしてくれるはずだった王都守備隊関係の貴族は、先の戦いでその多くが戦死していた。今、この場で最も発言力を持っているのは、内地軍なのだ。

「ハミエーア女王陛下！　我らが、この国へ侵入したる匪賊どもを、殲滅してご覧に入れます！　どうか、ご聖断を！」

カルダは心臓が止まったかのごとき錯覚に陥った。ベレンゲルの具申に、その場が静まり返る。

だが、ベレンゲルがそうさせたのではない。

玉座に座る人物の言葉を遮らないよう、深い沈黙が生まれたのだ。

玉座はやや奥まったところにあり、また日よけの薄い布に隠れているので、そこに座っている人物の姿をはっきりと見ることはできなかった。

「……妾はこの城におったのだ、ベレンゲル」

静かな、少女の声が聞こえた。

「は、ははぁ！」

ベレンゲルは地面に擦りつけんばかりに頭を下げる。

その声の持ち主は、彼のような傲岸不遜な男にさえここまでさせる人物だった。

「妾も見たのだ、この目でしかと。あの異世界からやってきた軍勢の〝力〟を、のう」

落ち着いているが、どこか底の知れない含みを持った声音が静かに響く。

ベレンゲルの額に汗が滲んだ。

「で、ですが、それは……」

「確かに、カルダ戦士団長の言うことも正しい。じゃが、そなたの言うことも正しいように妾は思う」

「お、おお⁉　では……」

さらに言葉を続けようとする彼を制し、少女の声が響いた。

「そうじゃな、ならば……」

玉座から立ち上がる影。

玉座の間にいた重臣達が一斉にひれ伏した。微かに、素足が絨毯を踏む音がした。

くふふ、とわずかながらに老獪さを滲ませた笑い声を漏らし、少女の声は告げる。

「その者達が、〝証〟を立てられるかを、試してみようぞ」

それがこの国の女王の命令だった。

◇

ハミエーアがテラスに佇み、思案を巡らせていると、一人の女貴族が彼女の背後に現れた。カルダだった。

「……まずい立場の中、会議に呼び立ててしてしもうたの」

「とんでもございません」

ハミエーアは苦笑した。

「単刀直入に言おうぞ。妾はルーントルーパーズを裏切る形となってしもうとる」

「心中、お察しいたします」

幼き女王は、テラスからセイロード湾内に停泊する五隻の異形の船を見つめた。

「〝陸の隊〟を上陸させてしまったのは、失敗じゃったな……」

ハミエーアは戦いの後の混乱で、民を想うあまりに口約束を交わしたことを後悔していた。

そんな彼女に対し、カルダがルーントルーパーズの現状を報告する。

「〝サイガイハケン〟で彼らが行っている市民への食事の炊き出しは、間もなく物資自体が底をつくものと思われます」

戦災によって物流が麻痺（まひ）し、都市への食糧の供給が止まったため、ルーントルーパーズは自分達からの申し出だけでなく、ハミエーアの要請もあり、飢（う）えた市民への食事を提供した。

しかし、それは女王の約束によって彼らも食糧の供給が近々受けられるという、信頼があってのことだ。それがなくとも炊（た）き出しを行っただろうが、規模はかなり小さかったに違いない。

ハミエーアは珍（めずら）しくため息をついた。

カブラギというルーントルーパーズの将軍と、〝ムセンキ〟という魔道具で話したときのことを思い出したからだ。

『元より人道支援は、国連軍に派遣されるはずだった我々の任務の一つです。部下も乗り気ですので、すぐに取りかからせましょう』

ハミエーアは、その言葉だけで、何人の民が助かっただろうかと考えた。

お人好し、と普段ならば内心ほくそ笑むところだが、純粋過ぎる善意に触れたせいだろうか、会話を終えた後、小さく嗚咽（おえつ）した。

そして、そんな彼らを裏切ってしまった自分の不甲斐（ふがい）なさに、彼女は自らの小さな拳を握りしめた。

マリースアの軍事力の過半を内地軍が占めてしまった今、彼らの意見を聞き入れないのは、たとえ女王であっても難しかった。軍事力で国家を保つことがこの世界の常である。軍の後ろ盾(だて)がない王の持つ権力など、権力とは言えない。それはハミエーアも例外ではなかった。

「……情けない。先王のように、妾は万難を排することができなかった」

「陛下……」

人払いがされたテラスで、彼女の弱音を聞いているのはカルダ一人だった。

その状況から、女王が自分を信頼しているのだとカルダは察する。

なぜなら、あの絶望的な戦いを、ルーントルーパーズと共に戦った一人であるから。

「内地軍のベレンゲル将軍は、強硬手段に出ぬよう妾が抑えよう。じゃが、本来ルーントルーパーズに補給するはずじゃった食糧の手配は、しばらく無理そうじゃ……」

今、王都への交通経路は完全に内地軍の手中にある。

ルーントルーパーズの行っている炊(た)き出しへの食糧補給を内陸部から向かわせたとしても、必ずどこかで遮断されてしまうはずだ。

確かに、まずい状況だった。ルーントルーパーズの好意を完全に踏みにじっている。それどころか、彼らに食糧を浪費させて何の補償もしていない。

「……彼らに、伝えておきましょう。きちんと、陛下のご尽力(じんりょく)があったと」

「いらぬ。信頼を違えた王の弁明など、彼らは聞きとうなかろう」

小さな肩を落とす女王に、カルダの表情が曇った。彼女は女王に忠誠を誓っている。その力が弱くなったからといって背中を狙うような俗物ではない。

それを理解しているのか、ハミエーアは彼女に腹案を漏らした。

「彼らと話をせねばならぬ。次の手を打つ必要があるのじゃ。彼らが、この国に受け入れられるようにするための、次の手が……」

ハミエーアは諦めていなかった。

失った信頼は取り戻せないかもしれない。だが、未来を諦めてはいけない。

それを教えてくれたのは、他でもない彼らだ。

「そのための、会談なのですね。〝証〟を立ててもらうための」

「行ってくれるか、あの船へ」

「陛下の命とあらば、喜んで……！」

異世界の地で、ルーントルーパーズは新たな局面を迎えようとしていた。

◇

イージス護衛艦〝いぶき〟の艦橋横のウイングでは、蕪木と加藤が報告書を片手に話し合っていた。

「都市に災害派遣展開させた陸自部隊は、当面待機ですか?」

「ああ。撤収作業をする方が、かえって混乱を招きそうだからな」

戦後の混乱の中、戦災の傷を少しでも早く癒すことができればと、王都に送り込んだ陸自の一部部隊は、内地軍からの圧力によって今は宿営地にこもりきりだった。

加藤は口に出さないが、ハミエーア女王が許可したのにトラブルが起こるとは予想していなかった。この国は王制国家ではあっても、独裁国家ではないことを完全には理解できていなかったのである。それを悔やみながら、加藤はこれからどうすべきかを考えた。だが、すぐには答えは出てこない。

蕪木はマリースアの暖かな風を全身で感じながら、遠くに広がる街並みを眺めていた。

加藤も双眼鏡を覗いている。

平行世界への突然の召喚。日本本国はおろか元の世界とさえ交信できない今、艦隊とその乗組員、陸上自衛隊の隊員達の統率は、彼らの双肩にかかっていた。

だが幸いにして、自衛隊という組織は武装集団であるため、非常時の指揮系統の機能に問題はない。今のところ、蕪木の指揮下にある自衛隊員達に混乱が見られないのは救いだった。

加藤は双眼鏡で街の方を観察していると、あることに気付いた。

「やはり、港近辺は昨日までと違って人だかりがありませんねぇ」

昨日までは物珍しさからか、街の人々が大挙してこの自衛艦隊の姿を見物に来ていた。加藤はその光景を見て、まるで幕末の黒船に乗っているような気分になったものだ。だが今は、どうもあの内地軍とかいう連中が港を押さえたらしく、見物人が全く見当たらない。

「ハミエーア女王は苦しい立場に置かれたようだな」

蕪木はわずかに眉をひそめて、岬の上に建つ王城へと視線を向けた。

防衛戦争に勝ったはいいが、それが原因で疲弊したり混乱に陥ったりする国は少なくない。だが、蕪木にはあの幼き女王の手腕を信じることしかできなかった。

「ところで、そろそろ立ってもらえますか？」

蕪木はウイングにいる、もう一人の人物を見つめた。

所属部隊のマークを刺繍した外套を羽織り、その下に金属の胸当てを装備した草色の髪の美女。

彼女の来訪により、今は作業着ではなく海上自衛隊の第三種夏服を身につけている蕪木や加藤。そんな二人とは、彼女の姿は明らかに異質だった。

それだけではない。彼女はここへ来て話を伝える間、蕪木と加藤に対して片膝を突いて頭を垂れた姿勢を崩さなかった。

「いいえ。カブラギ将軍、私のような身分の者にお気遣いなく」

顔を上げたカルダは、そう応じた。

平静を装ってはいるが、蕪木は彼女にどう接すれば良いのか分からなかった。

小舟でひっそりとやってきた彼女は、この話は非公式なものであるため、使節としての接待は必要ないと話していた。だから、この艦橋へ迎え入れた。

ここなら見晴らしも良いし、相手に変な緊張感を与えずに済むだろうと思ってのことだ。

だが、それは無駄な配慮だった。

「しょ、将軍、ね……」

蕪木は戸惑(とまど)いの表情を浮かべた。

軍ではない自衛隊に、将軍という階級は存在しない。

確かに、蕪木は海将補(かいしょうほ)という将の字が付く階級ではあるが、将軍という大仰(おおぎょう)な呼び方にはやはり違和感を抱いた。

日本という国に、法律的には軍人がいない。だから、将軍もいないのだ。

だが、戸惑(とまど)っているのはカルダも同じだった。

(これほどの〝力〟を持つ軍勢の将軍だと聞いて、どんな男かと想像していたが……)

蕪木の顔にちらりと視線を走らせた彼女は思う。

先日の戦勝式典は、内地軍が玉座の間(ま)に乱入し、途中で中止になったため、彼とはまだ顔を合わせていなかったのだ。

（ただの初老の男ではないか。着ているものも他の者とあまり変わりないし……）

二人の肩に付いている階級章の違いが分からない彼女には、蕪木と加藤の着ているものがほとんど同じに見えた。この世界の軍隊は、身分や階級を視覚的に理解させるため、軍装には明確な相違をつける。それがないことに違和感を覚えたのだ。

「まあ、司令もこう仰っていることですし、立ってくださいよ」

加藤がにっこりと笑ってカルダを促す。

彼女は戸惑いながら大きくかぶりを振った。

「な、なりません！　私のような者が、カブラギ将軍ほどの身分のお方と……」

「いいんですよ、別に。この人、私服で基地の中を歩いてると、誰からも司令と気付かれなくて、敬礼してもらえないいんだよ？」

「余計なお世話だ」

カルダはわけが分からなかった。

軍だと言うのに、この規律の緩さはなんだ？

隣のメガネの男……加藤とは面識がある。

先の戦いの際に、奇想天外な作戦で皆を引っ張り、この国を救った。その能力通り、どうやら将軍の右腕か何かのようだが、それでも上官に対して無礼が過ぎる。普通の軍なら不敬罪に問われてもおかしくない。

「このバカの言うことはさておき、まあ、なんだ、非公式ならお互い目線が同じ方が、良い話ができるような気がするんだがね？」

蕪木も加藤に同意してカルダを促した。

ここまで言われれば、もはや聞き入れないわけにはいかない。

カルダは恐る恐る立ち上がった。潮風が頬を撫で、髪を弄ぶ。

眼下に広がる風景を、彼女は王者のみに許されるもののように錯覚した。

（……なんと恐ろしい船だ）

この船はまるで、島だ。

船と呼ぶには、あまりにも巨大で、そして頑丈に造られている。

どんな名工が関わろうと、船というものは、所詮木造の、人が海という死の世界で辛うじて生きて移動できるだけの存在に過ぎないはずだ。

だがこの船は違う。

鉄でできているのにも驚いたが、予想外だったのはその居住の快適さだ。

まず、海の上にいるとは思えないくらいに揺れない。巨艦には安定性があるということは、彼女も聞いたことがある。しかしここは、まるで地上にいるのと変わらないくらいに違和感がない。

――それがフィン・スタビライザーと呼ばれる船体安定機構によるものだとは、彼女には分からない。

そして、船の中へ入って意外に思ったのは、その明るさだ。

蛍光灯で照らされた艦内の廊下に足を踏み入れた瞬間、彼女は天井を見つめ、しばらく固まってしまった。

窓の少ない外観から、内部はきっと暗いだろうと想像していたのだ。

（……光の精を封じ込めているのだろうか？）

カルダはそう思って、古くなって点滅している蛍光灯に手を伸ばそうとして、危ないですよと乗組員に注意された。

そして、ここへ来るまでに感じた、えも言われぬ涼しさ。

エアコンを知らない彼女は、艦内のどこかに巨大な氷を蓄えているのではないかと勘ぐっていた。きっと、氷を利用した動力でこの船は動いているのだ、と。

この船は、一つの島だ。いや、島と言うよりは、一つの城。あるいは、その両方……

カルダは怜悧な人物だったが、それゆえに深読みが過ぎた。

（やはり、彼らを敵に回すなど自殺行為なのだ）

彼女は目の前の、この艦隊の最高司令官だと言う男に正対した。

（一体何を考えているのだ、カブラギ将軍。貴方達は、何が望みなのだ？　金、名誉、あるいは女の類か？　いや……）

カルダの脳裏に、嫌な予感が過った。

（もしかして、生贄？）

これだけの魔導兵器を維持するために、生き血がいると言われれば、むしろ納得できるかもしれない。

カルダは恐ろしいことに、生贄としてかき集められそうな人間の数まで計算していた。

彼女は決して自衛官達に憎しみや悪意を持っていない。むしろ、その不思議な彼らの人柄に好意と好奇心さえ抱いている。

だが、こうして鉄の軍船に乗ってみると、あの戦いのときと同じく、彼らに対する恐れが出てきた。

きっとそんなことを彼らがしないと思う反面、心のどこかで、この魔導兵器が自分の国に牙を剥くのではないかという怯えがあった。

人が猛獣を恐れるように、それは本能的なものだった。

生贄を差し出せと言われても、それで国家の命が保証されるのであれば安いものだと考えてしまうのだ。

（ああ、そうか。ベレンゲル達は、この違和感と不安感、そして不快感に突き動かされているのだな……）

彼女は陰鬱な気持ちになった。

一歩間違えば、自分も同様に彼ら異世界人を恐れ、疑心を抱き、身を守るために大義名分をかざして排除しようとしかねない。

「……カブラギ将軍」

「はい、何ですかな？」

「私は、貴方(あなた)達が怖い」

不敬を承知の上で、彼女はそう口にしていた。

彼ならば、それを咎(とが)めはしない確信はあった。

蕪木は、カルダの真剣な表情に微(かす)かな苦い笑いを浮かべて、彼女を見つめた。

「まあ、無理もないと思いますよ」

だがカルダは一言、付け加えた。

「ですが私は、貴方(あなた)達のことが、好きでもある。こんな気持ちは初めてだ……」

そうだ。だからこそ、これからの極秘での会談は成功させねばならない。

彼らという存在を理解不能な敵のまま終わらせてはならない。

カルダはその決意を胸に、打ち明けた。

「あなた方に〝英雄の証(あかし)〟を立てていただきたい」

◇

災害派遣部隊として輸送艦から送り込まれた陸上自衛隊の部隊は、都市の中央に位置する広い公園に宿営地を設置していた。野外炊具(すいぐ)装置などをフル稼働させて被災者への食糧供給をし、またトラックに車載されている野戦病院を展開して、病人や負傷者への治療活動も行っていた。

だが、内地軍がやってきてからは、それらの活動ができなくなった。

「あんの分からんちんどもがっ！」

陸自の司令部となっている天幕の中へ荒々しく入ってきた恰幅(かっぷく)の良い中年の男を、中にいた幹部隊員達が身を正して迎えた。

男は迷彩柄の作業帽(さぎょうぼう)を脱ぎ、年季(ねんき)の入った長机へ叩(たた)きつけるように置くと、パイプ椅子(いす)に腰を下ろし、幹部隊員達を招集した。

見事な口髭(くちひげ)をたくわえ、逞(たくま)しい体躯(たいく)で堂々と椅子(いす)に座る姿は、まさに絵に描いたような陸自幹部である。

彼――土居孝太郎(どいこうたろう)一等陸佐(いっとうりくさ)は、ＰＫＦ派遣部隊における陸自部隊の最高責任者だった。

全部隊の指揮権(しきけん)は蕪木にあったが、陸自に対して直接の指揮権(しきけん)を持つわけではないので、土居の命令がなければ陸自は動かない。もっとも、陸海空の統合運用が叫(さけ)ばれる昨今、土居が統合運用の権限を持った蕪木の命令を聞かないということはあまりないのだが。

ただ、その蕪木の指揮によってこの異世界の地に災害派遣展開をした結果、まずいことになった。

「海自は、泥臭い現場を分かっとらんようだったが、予想通り、嫌な予感が的中しやがった」

荒い口調だが、付き合いの長い部下達はそれが彼の性分であり、悪意あってのことではないのを理解していた。

「宿営地の周辺を、あの〝内地軍〟とかいう連中が包囲しやがった。根回しも十分にせんで余所の国に入ると、こういうことになる」

つい先程まで、内地軍の指揮官と押し問答をしてきた土居は、日に焼けた顔を歪めて幹部隊員らを見渡した。

幹部らは、話し合いが良い方向にまとまらなかったことを悟った。

「本来ならば、情報収集や現地とのコネクション作りに時間をかけなければならないところでしたからね……」

幹部の一人がそうボヤく。土居は両手で大きく膝を叩いた。

「ま、戦災の直後、四の五の言ってられんかったのは分かる。海自の司令官の判断も間違っちゃいねえ」

土居自身は、蕪木の人柄が嫌いではなく、むしろ好きだった。

だが、あの海自幹部が知っている現場はあくまで海だ。

寝る場所から風呂場、トイレまで、全部揃った船という環境だ。

陸への展開は、そうしたものを全て一から構築しなければいけない。

しかも、ここのように全くの未知の国であれば、無用な混乱を避けるために、入念な情報収集や人脈作りをした上でないと、起こりうる危険を回避することはできない。

だが、今回そういったものをすっ飛ばして人助けをしたため、救うことができた命が多い分、面倒な事柄もそれに比例して大きくなった。

内地軍に敵視されるようになったことも、その一つだ。

土居は一人の若い幹部に尋ねる。

「久世三尉、そういえばアレはどうなった？」

久世と呼ばれた幹部が、困ったような表情で顔を上げる。

「……確認が取れました」

「で、どうだった？」

「案の定です。してやられましたよ」

久世は、被災者への炊き出し作業の指揮を執っていた。

その彼が〝異変〟に気付いたのは、ついこの間のことである。

実は、大量の食事を被災者へ配給する作業は、作った自衛隊が行っているのではなく、光母教教会が担当していた。教会から申し出たもので、自衛隊は、炊飯作業の効率化のためと、その方が素直に被災者に受け取ってもらえるという、全くの善意によるものだと思っていた。

だが、それまでは遠巻きにこちらを疎ましそうに見つめるだけだった教会関係者が、何故あのときだけあんなに親切で協力的だったのか、後になって隊員達は真実を知った。

実は教会は、自衛隊が作った食事を、教会を頼ってやってきた被災者に、自分達が作った食事だと偽って配っていたのだ。

食事はいつも、自衛隊が朝早くに教会の裏口から搬入していた。そして彼らが去ってからしばらくすると、神への祈りの声と共に人々の歓声が上がるのだ。今になって思えば、わざわざ人目のつかない裏口に食事を搬入させていたのは、そのためなのである。

久世は今日こっそりと、朝食を搬入した後、教会前の広場を偵察した。そこではでっぷりと太った高位らしき神官が、集まった大勢の被災者達に向かってこんな演説をしていた。

『神は、そして教会は、困窮する信徒を見捨てはしない！　理不尽なる帝国の侵略を撃退した今、教会はこの守り抜いた食糧を信徒に分け与えようと思う！　さあ、神への祈りの言葉を！　そして教会への感謝を！』

守り抜いたとか分け与えるとか言っていても、教会が設置した配給所に並ぶスープの給食缶には、自衛隊の備品であることを示す桜のマークが刻印されている。

しかし、被災者達は口々に感想を漏らす。

子供を背負った若い母親が言う。

『肉入りのスープを無料でもらえるなんて、やっぱり教会は素晴らしいわ』

その夫が笑う。

『ほんとだぜ。戦争で教会に入れてもらえなかったときは、どうしようかと思ったけどよ』

その隣で若い男が呟く。

『うまいスープだ。こんなにうまいものを、これだけ大量に毎日作ってるんだから、教会には頭が下がる……』

その母親らしき中年女性が忌々しげに吐き捨てる。

『それにしても、あの公園にいる外国人傭兵だか邪教徒だかは、いつまでここにいるんだい？　教会も一段落ついたら考えて欲しいねぇ』

久世は、聞くに堪えなくなって、途中で引きあげたのだ。

「日本人は、その辺の損得勘定を読むのが、苦手だとは言いますが……」

そう言った彼は、げんなりした表情を浮かべて報告を終えた。

大きくため息が漏れる。彼一人ではなく、そこに集まった幹部全員のものだった。

教会の人々は、戦争でさっさと民衆を見捨てて教会に立て籠もったマイナスポイントを帳消しにするために、必死なのだ。

そのためには、自衛隊であろうと何であろうと、利用できるものは利用しようと考えたのだろう。たとえ自衛隊側が民衆に向かって事実を語ったとしても、信仰心の拠(よ)り所である教会がそれを事実無根と否定すれば、当然民衆は自衛隊の言葉など信じない。そのあたりも織り込み済みに違いない。

土居は「やられたな」と腕を組み、電球がぶら下がっている天幕の天井を見上げた。

彼が過去に経験したイラク派遣の際は、こうしたときに「そんなことはない！」と言ってくれる現地の部族長とのコネクションを事前に作っていたから問題はなかった。だが、時間がなく飛び込んだ今回に限っては、そういった現地の協力者がいない。

（〝用意周到・動脈硬化〟の陸自から〝用意周到〟を取っちまったら、まあこうなる）

土居は、短く刈った頭をガリガリと掻(か)いた。

結果として、どうすることもできずに、自衛隊はますます邪教集団として扱われるようになり、しかも人々から感謝をされないという負(ふ)の連鎖(れんさ)にはまっているのだ。

そこに、内地軍がやってきた。まさに泣きっ面(つら)に蜂(はち)だ。

もっと目に見える活動によって信頼を得ようと、新たにショベルカーやブルドーザーを使用した瓦礫(がれき)の撤去作業も検討されていたが、それも不可能になったのである。

「揚陸(ようりく)した食糧もそろそろ底をつきそうです。マリースア王国からの補給が立ち消えになった今、これ以上の活動は困難かと思われます」

幹部の一人の言葉に、土居は「みなまで言うな」と言って指で眉間(みけん)を押さえた。

陸自はあくまで女王が約束した補給を信じて活動していた。内地軍のゴタゴタのせいでそれが叶わなくなったのなら、活動停止はやむを得ない。

会議の場に重い空気が流れたそのとき——

「提案があります」

ハスキーな女性の声がした。

土居が腕を組んだまま、彼女の名を呼び、じろりと睨むような視線を向けた。

「何だ、板井一尉？」

そこには、すらりとした長身の女性が座っていた。国連軍のブルーベレー帽を被った、怜悧な印象を与える美女だ。久世より少し上くらいの年齢に見える。

板井香織一等陸尉。久世の直属の上官である。

「この状況を打開するには、今こそ情報収集と現地協力者の獲得を目指すべきではないでしょうか？　順序が逆になったとはいえ、現地情報や協力者の確保は急務です」

「内地軍に包囲されて宿営地の出入りを監視されている今、やることか？」

土居は、板井に怒気を含んだ低い声で尋ねた。だが、彼女は全く動じない。

「少数による偵察を行います。……ちょうど今、余剰な人員ができました。彼を任務に就かせたくあります」

「何？」

目を丸くした土居が腕をほどく。板井が隣の久世を見やった。

「行けるわよね？　久世三尉」

「え……？」

久世が直属の上官である板井を凝視（ぎょうし）する。完全に寝耳に水、といった表情だ。

だが、にっこりと笑みを浮かべた板井は、もう一度言った。

「行けるわよね？　久世三尉」

その笑顔は一見すると美女の微笑（ほほえ）みである。久世はこれまで、その笑顔を何度も目にしてきた。

防衛大学校にいた頃から知っている。先輩だった彼女の悪魔の笑顔だ。

確か、防大名物の大隊対抗棒倒し大会で、「負けたら三学年生になっても一学年生並みに扱うから覚悟しておきなさい。それで——行けるわよね？　久世くん」と言った時も、この笑顔だった。

ちなみに、防大の一学年生は、現代の日本で唯一、基本的人権を認められていない存在と言われている。ベッドのシーツの張りが足りないと、ベッドごと分解されて外に放り捨てられたり、休日に外出しようとしたとき「目の輝き不備」という理由で外出が取り消されたり、夏には東京湾をまるごと横断する、芸能人がやれば特番間違いなしの距離を泳ぐ遠泳大会をやらされたりするのだ。人生の春を謳歌（おうか）している普通の大学生が聞いたら、同じ学生の話とは思えない世界が、そこでは繰り広げられている。

防衛大学校の伝統にして、〝死者が出ないのが奇跡〟とまで言わしめる国家公認の乱闘騒ぎである棒倒し大会を、できるだけ稳便にやり過ごそうとしていた久世の願いは、板井の悪魔の笑顔で潰えた。

そして試合当日、久世は死を覚悟して一人、特攻した。敵チームの百五十人に殴られ蹴られ、鼻血を出しながら棒に食らい付いた。試合が終わった後、どうも膝蹴りを良い角度で食らったらしく、激痛に耐えかねて医務室に行ったら、肋骨にヒビが入っていた。

「い……」

久世はトラウマで息苦しさを感じつつ、口から言葉を絞り出す。

「行けます」

言葉は肯定の意を伝えていたが、彼の目は明らかに死んでいた。

「だそうです、土居一佐」

土居は板井が自分の部下になったとき、セクハラが起こらないように注意していたが、今はどちらかと言うと、彼女がパワハラを起こしていないかと心配になった。

# 第2章　道案内

「まぁた、俺っすかぁ？」

翌朝、炊き出し作業の中止で、しばらくのんびりできると寝袋に入っていた市之瀬は、テントにやってきた久世から聞かされた任務に、げっそりした声を上げた。

「悪いね、どうも君以上に使い勝手の良い部下が見当たらないんだ」

かがみ込んで市之瀬を見る久世は苦笑する。

半分冗談、半分本気だった。

市之瀬の狙撃の腕や、以前の実戦で見せた爆発的な行動力は、なかなか得難いものだった。ベテランの部下は安定感はあるものの、どうも今回の任務には向かない気がした。おそらく柔軟な適応能力を持つ人材でなくては務まらない。そういう意味で、市之瀬は適任だった。中隊長が自分を任命したのもそのためだろう。少なくとも、頭の堅いおっさん幹部がやるような任務ではない。

やれやれ、と久世は立ち上がる。自衛隊で最も気苦労が多いのは、実は彼のような幹部隊員だったりする。

「じゃあ、今から飯食って三十分後、〇七三〇に集合だ。質問不具合等は？」

「……なーし」

眠い眼をこすりながら、市之瀬は上官に答えた。

久世は、市之瀬の寝ていたテントを後にすると、任務の準備に取りかかった。

まず、今日の予定をプリントしたファイルを開く。

情報収集部隊の編制は二人。徒歩では行動範囲が限られるため、若干目立つが車を使用。武装は戦時ではないが、治安や緊急事態などが不明である以上、厳格な管理のもと、護身用程度には所持。決して一般市民に対して威圧感を与えるような行為はしてはならない。後は、都市を東西南北に巡察し、可能な限りの情報を収集する。

「行き当たりばったりの観光みたいだな……」

とにかく最初のうちはこれくらいしか思いつかない。偵察の中でも、臨機応変な判断が求められる威力偵察の類に近い。もっとも、そんな格好の良いものではないが。

きちんと手続きを踏んで持ってきた車のキーをいじりながら、久世は公園の中を歩く。

朝のひんやりとした空気が心地よかった。

「さて……あんまり気が進まないんだけれど……」

実は、久世にはもう一人、同行させようと思っている人物がいた。

◇

教会の炊事場に近い水汲み場。

そこには一人の少女がいた。

深い海色の長髪に、白と紺色を基調とした神官衣を纏っている。

彼女――リュミは、誰よりも早く起きて一生懸命に洗い物をしていた。

彼女の脇には、大量の給食缶が積まれている。

自衛隊のシンボルマークである桜のマークが刻印された給食缶である。前日、最後の配給で配られたものだ。返却するために炊事場に置かれていたが、使用後の給食缶の洗浄も教会は全て自衛隊側に任せていた。

だが、それではいくら何でも失礼だと思ったリュミは、一人で給食缶を洗っていたのだ。

そこには、罪悪感もあった。

自衛隊が被災者への給食活動を申し出たとき、教会に協力するよう働きかけたのは、他でもないリュミだったのである。

無論、それはリュミの純粋な善意と使命感からだった。

当初、教会内部では猛烈な反発が巻き起こった。

異教徒の作る食べ物を信徒へ配るなど神への冒涜である、と。

この話は大司祭の耳にまで届いた。

ゲルオド大司祭。この王都の教区を統括する人物である。

彼はでっぷりと太った腹を怒りと屈辱に揺らしながら、教会関係者の集会で叫んだ。

『確かに、異教徒とはいえ、戦後で食糧の供給が心もとない今、食糧を融通してくれるのはありがたい。だが、教会には異教徒へ渡す金など持ち合わせていない！　愚かで邪悪な異教徒どものこと、いったいいくらふっかけられるか分かったものではない！』

リュミは彼女を信じてくれる少数の尼僧達と共に、必死になって訴えた。

『大司祭様！　それは違います！　あの方達は無償で良いと仰ってくれているのです！』

『む、無償⁉　タダで異国の人間を助けると言うのか⁉　何の裏がある？　この教会に眠る宝物か？　文献か？　何を欲しているのだ！』

『彼らが欲しているのは、ただ救われぬ者達の平穏だけなのです！　私はあの方達を知っています！　どうかお任せを！』

リュミの言葉に、大司祭も最後は折れた。

彼女は自分の熱意が通じたことに安堵した。だが、事が自分の手を離れてから、おかしな調整が行われているとは、考えもしなかった。

そして結果として、自分が異界の人々を裏切ったと気付いたときは、すでに手の施しようがなかった。

異界の人々はもう気付いているだろう。

怒り狂い、武器を手にこちらへ向かってくるのではないか？

リュミにはそれが不安だった。

そして、そんな恐怖心を抱いたことを深く自戒した。

（私は……命まで救ってもらいながら……！）

彼女はあの戦いの中、異世界の戦士に命を救われた。

勇猛にも黒竜に戦いを挑み、討ち倒した勇者の姿を見ていた。

義に厚く、弱者の側に立って戦う彼らの心意気を知っているはずだった。

——無論、自衛隊員達が場当たり的に戦闘に巻き込まれたことや、全ては苦しい法解釈の上での行動だったことなど、彼女に分かるはずもなかった。教会の上層部の不信感を招いた食糧の無償支援にしても、自衛隊が元々アフリカへの人道支援用に装備や物資を整えていたため、動けたのだ。様々な要素が絡んで今の不幸は作り出されていた。

だが、まだ幼さの残るこの少女に、大司祭の過ちを正すという大それたことを期待するのは酷である。

そして今、彼女はせめてもの償いとして、必死に給食缶を洗っていた。

白い繊細な指先がボロボロになっても構わなかった。毎日、疲れ切った顔をして食事を届けに来る彼らのことを思えば、そんなことは何の苦でもない。

（信仰は違えど、根底に流れる何かは、きっと同じ……）

彼女はそう思うと、余計に胸が痛んだ。

――と、背後に誰かの気配を感じた。

（ファナかしら……？）

彼女は振り返る。

同室のファナは、今回の働きかけに関して何かと自分を手助けしてくれた。だから、これ以上世話にはなれない。手伝いに来てくれたのなら、休んでいてもらうように言わなければならないだろう。

だが、相手の顔を見た瞬間、リュミは息を呑んで固まってしまった。そこにいたのは、ファナではなく、異世界の戦士の服を着た青年だった。

「やあ、おはようございます」

溌剌とした声。

「ひぁっ⁉」

リュミは小さな悲鳴を上げてその場に尻餅をついた。

彼に見覚えがあったからだ。他でもないこの青年に彼女は話を持ちかけ、今のこの状況を作りだしてしまったのである。

彼の顔に怒りの色は見えないが、異世界の人間の考えていることは不可解なものが多い。

彼が何を意図してここへやってきたのか、彼女には分からなかった。分からないものに対して、人間は本能的に恐怖を抱く。

「大丈夫ですか？　すみません、こんな朝早くに訪ねてしまって……」

彼は彼女の前へ立って軽く身をかがめ、そっと手を差し伸べる。

リュミはその手を取ることができなかった。

「ど、どうして……」

「え？」

「わ、私は……あなたを裏切ってしまって……」

久世は頭を掻(か)いた。

「まあ、受けた自分としても手痛い失態でしたけど」

ふう、と彼は苦笑した。

リュミは呆然(ぼうぜん)とその笑みを眺(なが)める。

「君みたいな女の子がやらかしたことにいちいち目くじら立ててちゃ、自衛官なんざやっとれませんよ。それに、王国側でも食糧補給の約束は流れたりして、リュミちゃんだけの問題じゃないですしね」

そもそも、一刻を争う状況だからと、十代の娘(こ)の言葉をいい大人が簡単に聞いてしまったことが、間違いなのだ。人間、余裕がないと判断の根本的な誤りに気付かない。自衛隊指揮官(しきかん)として、責(せき)を彼女に求めようとは考えたこともなかった。自省できない人間に指揮(しき)官(かん)は務まらない。

久世は照れ隠しに、ぐい、と少し強引に彼女の手を引っ張って立ち上がらせた。

「あっ……⁉」

リュミは、自分が尼僧(にそう)としての禁を破ってしまったことにも気付き、ハッとする。

「い、いけませんっ！」

そして、反射的に手を振り払った。

「わっ⁉」

久世が驚いて後退(あとずさ)った。

尼僧(にそう)が、未婚の男性、それも若い男性と身体を触れあわせることは、禁じられているのだ。

「す、すみません、驚いてしまって……」

再び失礼を働いてしまった、とリュミは慌(あわ)てた。

久世は「またやっちまったなぁ……」と彼女に聞こえない声でボヤいてから、脱帽(だつぼう)して頭を下げる。

「いいんですよ。年端(としは)もいかない少女を怖がらせてはいけない。無遠慮(ぶえんりょ)で申し訳ない」

「そ、そうですか？　あ、ありがとうございます」

久世の柔和(にゅうわ)な笑みに、彼女はホッと息をついた。

でも、禁を破ってしまったことは、どう懺悔(ざんげ)すべきだろうか。

(……そ、そうだわ、善意ですもの)

他者からの善行を拒否するのも禁だったはずだわ、と無理矢理自分を納得させる。

とりあえず、彼が怒りを訴えに来たのではないことに、彼女は胸をなで下ろした。

(そうなると、じゃあ何のために、この方は私に会いに来たんでしょう?)

リュミは小首を傾げて目の前の久世を見つめた。

「ちょっと頼み事がありましてね」

久世は、自分がまた公務員らしくない行動に出ようとしていることに、内心ため息をつく。

「頼み事、ですか?」

少女の無垢(むく)な表情に、意味もなく罪悪感を抱いてしまう。

(……これってあれかな?　未成年者略取とかに問われたりしないのかな?)

そんなことが気になってしまう。

しかし、あの鬼上司の命令をこなすのに、まともな公務員のままでいることは基本的に無理な話だった。

◇

仮のモータープールとなっている宿営地の外れ。

久世は一台のOD(オリーブドラブ)色のパジェロを前にして隣の部下に尋(たず)ねた。

「市之瀬、君、免許は持ってたっけ？」

「……原付のなら」

オーケー、どうやら運転手も自分がやるしかないようだ。

久世は自分の浅慮(せんりょ)にうんざりしながら、運転席のドアを開ける。

「じゃあ、リュミさんも乗ってください」

自衛隊の車輌(しゃりょう)を前にする神官の少女――というシュールな絵。

リュミは目の前の鉄の箱を前にして、きょとんとしている。

「あ、あのう……これは、どうやって開ければよろしいのでしょう？」

そうだった。この世界に自動車なんてものは存在しない。

彼女は、運転席だとか助手席だとか後部席だとかも分からず、しかもどうやって乗り込むのかさえ知らないのだ。久世は自分の常識で勧めていたことを反省する。

気を利(き)かせた市之瀬が、彼女のために後部ドアを開けた。

「はい、ここに座って」

「ありがとうございます、イチノセ様」

リュミは、市之瀬ともあの城での戦闘で出会っていたため、面識がある。

知り合いに頼んだのは、こちらの都合だった。

だが、リュミはリュミで、自分が役に立つことがあるのならと快く引き受けてくれた。

(自分で頼んでおいてなんだけど、彼女、悪い奴に利用されやすいタイプだ……)

久世はそんなことを考えながらキーを回す。

バックミラー越しに彼女を見ると、突然起こった振動に驚いていた。

「きゃっ⁉ う、動いた?」

さらに車がバックし始めると、目を白黒させて周囲を見渡している。

「……引く馬も陸鳥もいないのに?」

彼女は荷車が自走していることが、不思議で仕方ないようだった。

「とりあえず、内地軍の検問を抜けよう」

久世がリュミを連れてきたのには、知り合いだから以外にも理由があった。

目的地を明らかにせず、宿営地を囲んでいる内地軍の検問を突破するには、彼女の存在が最適だと思われたからだ。

日本でも、かつて随所に関所が設けられた時代があった。そして、そういった時に詮索を受けずに通ることができる身分がいくつかあった。

大道芸人と、聖職者である。

しかも、この国での教会の威光はかなり強いようだった。

リュミがいれば、おそらく――

「と、停まれ！」

少しばかり走ると、検問にぶち当たった。

中世の騎士を思わせる格好の、内地軍の兵士達が、殺気立った様子でこちらを睨んでいる。

カルダ達のような王都駐留の兵士はもっと軽装で、文化様式も南方風の武装をしているが、内地軍はどうやら違うようだ。

非マリーア人が多いから、と道すがらリュミから聞いている。ちなみにリュミ自身は、非マリーア人で内地の出身だという。だから久世は、自分の目論見が予想外にうまくいきそうだと、密かに笑みを見せた。

「ご苦労さまです」

「なっ⁉　光母教の神官殿が、何故こやつらの乗り物に⁉」

案の定、内地軍の将校らしき男の顔に戸惑いの色が浮かんだ。

リュミは柔和な笑みを見せる。

「はい。こちらの方々があの船に帰るというので、私が責任をもって港までの道案内を」

内地軍の末端の兵士達は、自衛隊が医療活動や給食活動をして市民を救っているという情報を得ていない。なら今はそのことを逆手に取ろう、と久世とリュミは示し合わせていた。

「なんと！　貴女のような乙女がこやつらの監視を……」

「とんでもありません。聖職者としての義務です」

リュミは内心ヒヤヒヤしていたが、なんとか平静を装う。自分の身分を利用するのは初めてのことだった。

「それならば、我が軍からも一人同行させましょう。騎士として、乙女一人を蛮族の中に置いておくことなどできませぬ」

だが、信用があり過ぎるのも考えものだったようだ。

まずいことになった、と久世は焦る。しかし――

「私は、前の戦いで王城に立て籠もった神官戦士の端くれ。戦友は皆ヴァルハルへと旅立ちました。私の戦士としての力量に疑問をお持ちだと？」

リュミは今までに見せたことのない鋭い表情と口調で、内地軍の騎士を睨んだ。

兵士達に動揺が走るのが見て取れた。

聖職者の不興を買うのは、神からの不興を買うことと同じなのだ。

相手が少女でも、それは変わらない。

「と、とんでもありませぬ！」

騎士は慌てて後退ると、深々と腰を折って頭を下げた。

「貴官には貴官に与えられし任がある。私への助力は不要にございます」

リュミは冷たくそう口にすると、久世にちらりと目配せをする。

（今です！）

久世は相手が怯んだ隙を突き、アクセルを踏んで正面をこじ開けようとする。

槍を手にした内地軍の兵士が悲鳴を上げて、向かってくるパジェロから飛び退いた。

「……なんとかなった」

久世と市之瀬がぐったりとした。

「リュミちゃんすげーな！　俺より年下とか、信じられねー」

市之瀬が助手席から後部座席を眺めた。

「あわわわ……私、なんてことをしてしまったのかしら……」

後部座席のリュミは、目を丸くしながら青い顔をしている。根は真面目な少女だった。

「すみません、何かあったら責任は取りますので」

久世は、さまざまな人を巻き込んでいる自分にげんなりする。

「……久世三尉、なんか、ここんとこ責任取らされてばっかですね！」

「うるせえ、馬鹿野郎！　おめえらと比べても、そこまで給料高くねえんだぞ、俺‼」

一人としてまともな心境でいられない面々を乗せた車が、異世界の街へと進入していった。

◇

「久世三尉の偵察班、状況に入ったようです」

板井は、無線で入った潜入成功の報告を、司令部になっている天幕の中で土居に伝えた。

「包囲を突破できるとは、おめぇの部下は優秀なようだな」

土居は熊のような身体を縮めるようにして椅子に座り、メガネをかけて手にした書類を読んでいた。彼女とは目を合わさず、しかし邪険に扱うでもなく自分の前の席を勧める。

「彼は、前回の王城での戦いにおいても、最悪な状況の中で、常に人として最良だと思われる判断をしました」

板井は、書類に目を通している目の前の男が、どこか可愛く見えてしまい、内心で上官への評価を少し改める。

「人として、か……」

土居は、久世の立てた計画書に目を通していたが、彼の興味はその内容ではなく、久世自身にあるようだった。

「自衛官として最良ではなく、か?」

「その通りです」

板井は土居の前の席に座り、答える。

「土居一佐の目には、彼がどう映ります？」

彼女は試すような口調で言った。

ふん、と鼻を鳴らした土居は、メガネを外して板井の顔を真っ直ぐに見据(みす)えた。

「無難(ぶなん)な自衛官生活を望んでいそうな今時の若造に見える。努力家だと何度か耳にしたことはあるから、悪くは思ってないがな」

板井が珍(めずら)しく、含みのない純粋な笑みを浮かべた。

「私も最初はそう思っていました」

「違うのか？」

ええ、と頷(うなず)いた彼女は、少し目を伏せて過去を思い出す。

「防大時代から彼を見ていて、分かったことがあります」

「何だ？」

「彼の行動には確かな信念があります。ですが、彼自身がそのことに、まだほとんど気付いていません」

板井は、いつもの人を食ったような態度をやめ、真剣な眼差(まなざ)しで土居を見つめた。

「自分自身が把握(はあく)しきれていない信念であっても、誰かのために命を懸けることに躊躇(ためら)いがない。彼はそんな男です」

ほう、と書類を机の脇へと放った土居は、眉間(みけん)に皺(しわ)を寄せて口を開いた。

「奴は、防大の卒業前に、任官拒否を考えていたという話だが？」

自衛隊という閉鎖的な世界では、その手の噂がどこから漏れ聞こえるか分からない。特に幹部ともなれば、尚更だった。

「はい。それも間違いではありません」

捉えようによっては汚点になりかねない久世の過去を、板井は隠さなかった。

彼のことはよく知っている。知りすぎていると言っても過言ではない。だからこそ、彼について何かを隠すようなことはしたくなかった。

「〝自衛官になって、本当に誰かを守ることができるのだろうか〟――彼はそのとき、私にそう言いました」

いかつい土居の顔に、失笑にも似たものが浮かんだ。

「青いな」

「はい。だから私は、彼が羨ましかった」

土居の顔から笑みが消える。

逆に彼女は、普段の飄々とした顔に戻っていた。だが、土居の目には、彼女がどこか悔しげな思いを抱いているように映った。

「……お前は青くなかったのか？」

「彼ほど、本気で誰かを守ろうという気概を持った男を、私は知りません。それに私は、自衛隊は国家の主権を守る組織であって、〝誰か〟という人間を守る組織だとは思っていませんので」

土居は、彼女のこれまでの評判を聞いており、さらに自分の目でその行動を見てもいるため、彼女が冷めた感情を持っていることに納得していた。この女は、現実主義的な指揮官だ。情熱や、感情論で左右されない。ある意味では真っ当な幹部だった。

「──だから、彼は信頼できます」

そう言って微笑んだ彼女の顔には、やはりほんの一瞬、悲しげな陰が過る。

「上等、と言いたいところだが……」

土居は机の上に肘をつき、指を組んだ。

「使命感や正義感は、いっそのことない方が幸せなときもある。特にこの組織の場合は」

「それは土居一佐の経験ですか？」

「まあ、な」

土居は、パイプ椅子に身体を預けた。胸ポケットをまさぐり、ライターとタバコを取り出す。タバコは日本を出航前に大量に買い込んだが、あとどれぐらい保つだろうかと憂鬱になる。

「久世とかいう若造のことは、ちったあ分かった。吸うか？」

土居は何かを考えているようだった。板井は、自衛隊内ではあまり目立たない印象の久世のような幹部を自分が推すことが、彼には気になったのだろうと漠然と理解する。

しかし深くは考えず、彼女は苦笑して、首を横に振った。

「遠慮しておきます。それに屋内禁煙ですよ」

土居は愉快そうに笑って、分かってる、と言いながら立ち上がり、外に出ようとする。

ああ、それとな、と天幕の入り口で板井を軽く振り返った。

「久世に言っておけ。何かあったら今回だけはケツを拭いてやる。貴様がそこまで評価する若造ならしょうがねえ。遠慮せず思い切りやってこい。そう伝えろ」

タバコをくわえながら、土居は彼女にそう言った。

# 第3章　街の中で

レティアの日課は、毎朝、開店の準備を始めることだった。

彼女は今年で十七になる、店の看板娘（かんばんむすめ）である。金髪を一つに纏（まと）めたポニーテールに、動きやすいエプロン姿が、彼女の快活な性格を良く表していた。

テーブルを拭（ふ）き終え、今度は厨房（ちゅうぼう）に向かう。竈（かまど）の火を起こし、スープなどの支度（したく）にかかった。

忙しく動き回る彼女だが、自分一人だけでこれらをこなすのは、今日が初めてだった。

彼女は、開店の目処（めど）が立ったところで、なけなしの貯金で買ってきたパンと、できたばかりのスープをお盆に載せて三階へ上がった。

「父さん、具合はどう？」

部屋に入ると、全身に包帯を巻いた彼女の父がベッドで横になっている。

ここは、本来なら父と娘の二人で切り盛りする店だった。

この――『海狼（かいろう）の毛皮亭』は、小さいながらも中央広場に面した大衆食堂だ。一階は日中は食堂となり、夜は酒場になる。二階は旅人向けの安宿で、三階が親子の住まいだった。この世界では割と良く見られるスタイルの食堂である。

「ああ、大分良い。そろそろ立てそうだ」

父は筋骨隆々の、厨房に立っていなければ戦士にしか見えない男だった。母親似で良かったと、レティアは常連から良く言われる。

だがそんな父も、『流星の目』の破壊には無力だった。戦火から逃れようと向かった教会は、固く門を閉ざして中に入れず、街中を逃げ惑っていたときに、隕石の欠片が降ってきた。

レティアを庇った父は、大怪我を負ったのだ。

「良かったぁ！　きっと神のご加護だわ」

彼女は父の言葉に安堵の笑みを浮かべる。母を病で亡くした彼女にとって、残された肉親は父だけなのだ。

「はい！　朝御飯だよ」

「すまんな」

いかつい顔の父は少し照れくさそうに娘からお盆を受け取る。

彼女はそっとベッドの端に腰掛けた。

「あの気味の悪い連中に何かされちゃってたから、どうなっちゃうのか心配だったんだ」

レティアは『流星の目』の攻撃が終わった後、治癒魔法を求めてようやく門の開かれた教会に駆け込んだ。しかしそこは、同じような負傷者で溢れかえっており、父の怪我を診てもらうことは叶わなかった。

そして途方に暮れていると、緑色をした箱のような奇妙な荷車がやってきた。その荷車には、白地に赤い十字の塗装が施されていた。そして、そこから降りてきた緑色や茶色のまだら模様の服を着た連中が、父を中へと連れ去ったのだ。

確か『要救助者確認！　トリアージレベル赤！　緊急手術を要します！』とか何とか、わけの分からないことを叫んでいたのを覚えている。だが、こうして今、父は命を繋いでいる。

レティアは、あんな気味の悪い連中が施した手当で父がここまで回復するとは、どうしても信じられなかった。

ふと、朝食を食べていた父が、レティアに向かって顔を上げた。

「なあ、レティア」

「なあに？」

「父さんが、昔、軍にいたことは知ってるな？」

「うん。母さんともそこで出会ったんだよね？」

母の面影を確かに持つ娘を見つめ、彼は呟いた。

「ああ、そうだ。母さんは怪我人の看病に当たる仕事をしていたんだ。でもな、普通これだけの怪我をして助かるなんてことは、まずなかった……」

自分が助かったことへの疑問を口にする父に、娘はぎょっとする。

「な、何よ父さん‼　死んだ方が良かったわけ⁉」

「そうじゃない。この左足にしてもおかしいんだ。あれだけズタズタになっていたのに、しっかりと傷口が塞がって化膿もせずに治りかけている。切断しても助かるかどうかってくらいの傷だったというのに」

彼は過去の軍での経験から、負傷によって命を落とす確率を、肌身で知っていた。

――この世界の医療水準は極めて低い。

何しろ消毒一つまともにできないのだ。些細な傷から感染症にかかって命を落とす者は珍しくない。自分の怪我の状態を考えると、五体満足でいられることが、彼には不思議だった。それが、適切な消毒措置と手術と輸血、さらに抗生物質の投与によってもたらされたことを、知る由もない。

「だから！　神様のご加護なのよ！　きっと教会で私を追い払った代わりに、父さんの命を救ってくださったんだわ！」

「……そうだな、そうかもしれん」

「あんな緑色の変な服を着た外国人達からも守ってくださったのよ？　これが治ったら、

ちゃんと礼拝に行ってお布施(ふせ)もしなくちゃ」

「う、うむ……」

腑(ふ)に落ちない何かを感じながらも頷(うなず)いた父は、愛娘(まなむすめ)の作った朝食を再び口に運んだ。

◇

自衛隊仕様のOD(オリーブドラブ)色のパジェロが一台、市街地を徐行していた。

理由は簡単、危険だからだ。

交差点に信号機がない。標識もない。車道と歩道の区別がない。人が当たり前のように車輌(しゃりょう)の前を横切っていく。まともにアクセルを踏んで走行するのは自殺行為、いや他殺行為である。

ノロノロとすぐに停まれる速度で走らせて、何かあれば停止していた。

「車の意味、あんま、なくないすか？」

「うっさい。いっぺん計画書を作成してみろ」

徒歩で歩き回るなんて計画書を、板井一尉に提出しようものなら、

『それで、集められる情報の量は確保できるのかしら？　リスク対比の車輌(しゃりょう)なしの根拠は？』

と突き返されるのがオチだ。久世は、上司との間で意見の落としどころを作るという仕事の難しさを、骨身に染みて知っていた。

「でも、やっぱり通りに人が少ないです」

リュミが悲しそうな表情で通りの風景を見つめていると、人が前に飛び出した。

「おっと――前はもっと多かったんですか？」

現地の人々に威圧感を与えないという計画上、クラクションを鳴らすことができずにパジェロを停車させた久世が尋ねる。

「はい。ここからは中央広場に近いですし、市が定期的に開催されているはずなんです。でも、今は行商人も少なくて……」

久世は周囲を見渡す。

このあたりは、隕石の欠片が直撃して大きな被害を受けたらしく、人影が多いとは言えなかった。

「とりあえず、その中央広場に行けばいいんですね？」

「そうですね、中央広場を基点に街の東西南北を回ると分かりやすいと思います。私がこの街へ来て間もない頃は、そうやって街のことを覚えました。あ、そうですわ！　とても良いお店を知ってるんですよ。そこで食事でもどうでしょう？」

「良いっすね！　朝なんてカンパン食っただけだから、俺、腹ペコペコで……」

「じゃあ、そこでちょっと一息入れましょうか」

リュミの丁寧な説明は非常に分かりやすかった。多くの人々に神の教えを説く立場にある聖職者だけあって、説明するのが上手いのだろう。

何はともあれ、人選だけは間違っていなかったことに安堵しながら、久世はノロノロとした運転を再開する。すると、気になるものが目に入った。

「時々、武装した集団がいますが、あれは内地軍の増援ですか？」

リュミがぎょっとした様子で久世を見た。

「とんでもありません！　彼らはハゲタカですよ！」

「ハゲタカ？」

市之瀬も思わず後部座席を振り返る。

「あれは傭兵達です。戦争の臭いを嗅ぎつけて、この街へやってきたんでしょう」

リュミにしては珍しく、忌々しげな口調だった。

武装した傭兵らしき一個小隊ほどのグループが、まだ陽が昇ってそう時間が経っていないというのに、酒を飲みながら通りを我が物顔で歩いていた。下品な笑い声を上げ、道行く一般市民を威圧するように怒鳴ってもいる。

内地軍のように統一された武装ではなく、雑多な服装や武器を携行している。見ただけの印象で言うなら、まともではない輩ばかりだった。

いるのだろう。

リュミのような純真な少女が「ハゲタカ」と形容するのだから、彼らはよほど嫌われて
「もしかして、マリースア軍に加わる予定だったのに、アテが外れたから気が立ってると
か？」

傭兵と言うからには、雇い主を求めているはずだ。

久世はそれとなく尋ねてみたが、リュミは首を横に振った。

「いいえ。違いますわ、クゼ様」

リュミははっきりと傭兵達に軽蔑の眼差しを向けた。

「彼らは、帝国軍に加わるつもりでやってきたんです」

久世は再び、「なるほどね」とため息とともに呟いて、軽く肩をすくめた。

◇

レティアはその日、あの戦争以来、初めて店を開けた。

地元の人達が憩いの場としている、この『海狼の毛皮亭』を早く再開して、街の元の姿を皆に思い出して欲しかったからだ。それに何より、父の怪我が快方に向かい、精神的に楽になったのもある。まだ食糧の供給が十分ではなく、昼食時だけの営業だが、とにかく

戦後の第一歩を踏み出したかった。

「うしっ！　これでいいわ」

彼女は、本来なら父と一緒にするはずの支度を一人で整え、軒先に『営業中』の看板を吊り下げた。

「はぁーい！　いらっしゃい！　いらっしゃい！　マリースア一おいしい食堂が再開したよぉ！」

レティアは、元気よく広場に向かって叫んだ。

まだ人通りはまばらで、戦争前の活気には遠く及ばない。

それでも、客が来ることを期待して、彼女は元気いっぱいの笑顔を見せた。

「さてと！」

彼女は店内へ戻ると、皿拭きの仕事を始めた。隕石の落下でかなりの枚数の皿が割れてしまい、無事だったものも多くが埃にまみれてしまったのだ。そういったものをきれいにする作業はまだ残っている。まあ、今の状況で店が満員になることはないから大丈夫だろう。

彼女はゆっくりと、丁寧に、戦災を逃れた食器を磨いた。

しばらく経った頃、店の外から奇妙な音が響いてきた。

——ブロロロロ……キッ！

こんな音は耳にしたことがない。

旅の芸人が、どこか遠い国に生息する鳥の鳴き声のマネでもしているのかと思ったが、冷静に考えてみるとそんなことをする理由はない。

(……一体何の音なのかしら?)

じっと椅子に座って耳をそばだてていると、店の近くで誰かの声が聞こえた。

「こんなとこ停めて、違反切符切られないすかね?」

「駐車禁止の標識がないんだから、良いんじゃないか?」

「大丈夫ですよ。このあたりはよく馬車が停まっていますし」

若い男二人と、少女の声だった。

レティアは、少女の声に聞き覚えがあった。

(この声っ⁉　もしかして)

彼女が立ち上がるのと同時に、店内に一人の少女が姿を現した。

「ごめんください。今、お店やっていますか?」

「リュミ司祭様!」

レティアは歓喜の声と共に跳び上がった。

「レティアさん!　良かった、ご無事でしたのね?」

リュミも、レティアの顔を見て笑みを見せる。

「はいっ!　ああ、本当良かったわ!　司祭様が今日一番のお客様だなんて」

「そんな……それに私はまだ司祭見習いですよ？」

「もう！　そんなご謙遜を。あ、どうぞお座りになってください。どのテーブルでもよろしいので」

　レティアは嬉しくて仕方がなかった。

　リュミは、以前からこの食堂を利用してくれている常連だ。

　気取らずに下々の人に対しても教えを説き、悩み事の相談にも乗ってくれる彼女は、敬虔な信徒であるレティアにとって、聖女そのものだった。彼女の中では、リュミのお陰で父が快方へ向かっているくらいだ。

　一人で興奮しているレティアの耳に、男の声が入ってきた。

「リュミさん、その方はお知り合いで？」

「え？」

　声のした方を見たレティアは、思わず息を呑んだ。

　そこには、緑色を下地に小汚い茶色や黒の斑点模様の服を着た、あの不気味な邪教徒だか傭兵だかの姿があった。

「し、司祭様お下がりになって！」

　レティアは、咄嗟にリュミを庇うように前へ出た。そして、キッと目の前の男達を睨む。

「な、何しに来たのよ！　この邪教徒ども‼」

「じゃ、邪教徒？」

レティアの剣幕に、二人の男がぎょっとして顔を見合わせる。

すると、慌ててリュミが彼女に言った。

「ち、違うんですレティアさん‼　この方達は私の恩人で……」

レティアの頭の中では、この状況についての恐ろしい想像が浮かんでいた。

リュミ司祭はとても人がよろしいお方だ。きっと、こいつらにも慈悲や説法を、と近づいてしまったに違いない。そして、自分の父のように恐ろしい目に遭わされているのではないか……？

「司祭様、ダメです！　こんな奴らの口車に乗ってはいけません！　はっ⁉　こいつらもしや、司祭様に洗脳の魔術でもかけたんでは⁉」

勝手にヒートアップするレティアに、久世と市之瀬は何か見てはいけないものを見ている気分になる。なんと言うか、怖いのである。

「ち、違うんですよぅ！」

食堂の中に、リュミの悲痛な声がこだました。

◇

テーブルの上に、よく磨かれたガラス製のコップが置かれた。中に入っている水も澄んでいる。

「どうぞ、お水です。司祭様」

「ありがとうございます、レティアさん」

リュミは両手でそっとコップを持った。

レティアはコップをもう二つ、今度は乱雑に置いた。

そしてドスのきいた声で言い放つ。

「ほら、司祭様の下僕だか奴隷だか知んないけど、同じ席に着けるだけありがたいと思いなさいよ」

そのコップは高価なガラス製ではなく、安価な木製のものだった。

しかも、年季が入っているのか、どことなく木の腐った臭いが鼻を突く。

中の水もよく確認してみると、何かが浮いている。お世辞にも綺麗とは言いにくいものだった。

きちんと水売りから購入した水と、その辺の洗い物用の井戸で汲んできた水、という違いがあからさまに分かる。

「そ、そりゃどうも……」

久世と市之瀬はとりあえずそのコップを手に取るが、流石に口はつけず、互いに目配せをすると、レティアが目を離した隙に窓の外へ中身を投げ捨て、代わりに持参した水筒の水を入れた。

リュミはそんな二人の早業を見なかったことにして、レティアがまた露骨な嫌がらせに出ないかと、ひどく気を揉んだ。

結局、久世と市之瀬を命の恩人だといくら説明しても、レティアが納得しないので、『この二人は異国からやってきた改宗希望者で、自分の下につかせて教育中である』という苦しい説明で、ようやくこの場を収めたのだった。

リュミはまだ十代だというのに、既に胃が痛くなりそうだった。これではせっかくの料理もまともに味わえないだろう。

「す、すみません……クゼ様、私……」

「いいえ、礼はこっちが言うべきですよ」

久世は苦笑いしてリュミの言葉を遮る。

別に皮肉を言っているわけではない。リュミがいなければここまでやってくることはできなかったし、何より店にも入れてもらえなかった。

ただ久世は、リュミに対しては悪意はなかったが、『教会』そのものに対してはかなり不信感を募らせていた。

リュミが説明してくれたことから察するに、ゲルオド大司祭という男はかなりの策士であり、同時に自己中心的な人物でもあるようだ。

自衛隊が何のバックも持たないことを本能的に察知し、教会の威光があれば、いくら利用しても大丈夫だと足下を見ている。

教会のせいで、この店の店員――レティアという少女がそうだったように、人々から誤解を受けたままでいるのは、いくらなんでもまずい。

さて、どうしたものか。

自衛隊の武装集団としての力を見せつけて屈服させるのが一番手っ取り早い仕返しだし、内地軍に対して有無を言わせない効果もある。

だが、それをしてしまえば明確な敵を作ることになる。人々の心の拠り所を攻撃したとき、マリースアの全国民が今のレティア以上に、自衛隊に対して敵対心を持つのは目に見えている。

（そのあたりまで織り込み済みで利用してるんなら相当だな、教会の上層部は）

そもそも、武力をちらつかせて相手を屈服させるなど、とても現実的とは思えなかった。自衛隊がそんな手段に訴えたことは歴史上一度もない。また自衛官自身、そんなヤクザみたいな手段を、公務員組織である自衛隊が取るとは考えないだろう。久世も、本気でそう思っているわけではない。

では、どうするのか……？

久世が思案していると、目の前に皿が下りてきた。

「ほら、食べなさいよ」

ぶっきらぼうな口調だったが、皿に盛られた料理はなかなかおいしそうだった。

それも、一皿ではない。次々と運ばれてくる。

海に面しているだけあって、魚料理が主だった。

リュミは、料理については誠実なレティアに、ほっと胸をなで下ろした。

「さ、どうぞ、クゼ様、イチノセ様、冷めないうちに」

「冷めないうちというか、あの店員さんの気が変わらないうちにですね。あ、そうだ！」

久世はそうこぼしながら、任務のことを思い出す。

ポケットからデジカメを取り出すと、料理を手早く撮影する。

この世界の食文化を理解することも、バカにできない重要な任務だ。国や宗教によっては禁忌とされている食べ物やマナーがある可能性は否定できない。その辺のリサーチも、ここで生活する上では重要だった。本来なら、給食作業前にやっておくべきことである。

だが給食に関しては、出せないものは教会が弾いていたと楽観視している。

「クゼ様、それは何をしてるんですか？」

デジカメからシャッター音が聞こえたことに、リュミは小首を傾げている。

「ちょっと、写真を撮ってたんですよ」

久世はそう答えたが、彼女はぽかんとするだけだった。当然と言えば当然であった。久世は苦笑して、撮影した写真を彼女に見せた。

「ま、まあ⁉　こんなに綺麗な絵をいつの間に⁉」

リュミは静止画像を絵と勘違いしたようで、しきりに被写体の料理とデジカメの画面を見比べている。

「これはカメラって言って、風景や物をそのままの姿で記録できる機械ですよ」

「ま、魔法の念写のようなものですか？」

「魔法でそんなことができるのかは分かりませんけど、まあ似たようなものじゃないですかね？」

「不思議ですねぇ……念写だったら、長い時間、意識を集中していなければいけないのに、こんなに簡単に姿を写すことができるなんて……」

リュミはしげしげとデジカメを観察している。

久世は、好奇心旺盛な彼女の姿に微笑ましいものを感じつつ、大皿に盛られた料理を取り皿に移した。

魚の蒸し料理を試しに食べてみるが、日本人の感性からすると少し味が濃いものの、後味は比較的さっぱりしている。塩鮭の代わりと思えばいけなくもない。

久世も市之瀬も、肉体労働に従事している若い男性だけあって、多少の塩気や脂っ気は必須である。日本の戦国時代でも、粗食だったのは特権階級だけで、最前線で戦う下級武士達の料理はかなり濃い味付けだった。目の前の料理は、若い自衛官二人にはちょうど良かったのだ。

「うっま！　こっちの鶏肉もイケますよ、久世三尉」

「ああ、ここんとこおにぎりか缶飯ばっかだったから、格別だな」

二人はしばし任務を忘れて、この世界で初めて口にする料理を楽しんだ。

リュミも、自分のチョイスした店の料理を二人が気に入ってくれたことが嬉しかったのか、ちまちまとサラダをつつき始める。

「どうです、司祭様？」

「ええ、とてもおいしいです。お店、再開できて本当に良かったですね」

満面の笑みを浮かべたレティアが、「こちらはサービスです」とフルーツの盛り合わせをリュミに差し出す。

「そ、そんな、いただけませんわ」

「あはは！　いいんです、せめてもの恩返しですよ！　私もこの間まで、教会の炊き出しのお世話になってましたから」

久世と市之瀬の動きが止まる。

リュミは引きつった笑みを顔に張り付けたまま固まった。

レティアは、リュミしか視界に入っていないのか、神妙な表情で語る。

「私だけじゃありません。食料が手に入らなかった戦後間もない頃は、教会の配食がなければみんな飢えてました。私なんて、父さんが動けなくて、でも食べ物も少なくって、本当に心細かったのに、リュミ司祭達教会の方々が、食料どころか料理までして配ってくれて……私、料理人だから分かるんです。あんなにたくさんの食事を毎日作るのが、どれだけ大変かって！」

感極まった様子でレティアはリュミの両手を握る。

「私、今度食事を作ってくれた人達にお礼がしたいです！　とってもおいしかったって！　そうそう！　見たこともない料理とかもあって、レシピ教えてくれませんか⁉」

レティアはその料理を思い出し、えも言われぬ表情になる。

「ほくほくのお芋とニンジン、それにタマネギが入っていて、それにトロトロの牛肉が……どうやってあんな絶妙な味を出したのか分からない、煮汁の中に入ってる料理！　あれだったら、うちでも作れそうなんです！」

（肉じゃがだな……）

（肉じゃがっすね……）

自衛官二人だけが納得する。

肉じゃがは元々、明治時代に日本海軍において、軍隊で多用する食材で西洋料理のビーフシチューを再現しようとして発明された料理である。そのため、現在でも自衛隊ではカレーと並んでポピュラーな料理だ。『お袋の味』というのは戦後に定着したイメージで、実際は『兵隊さんのメシ』なのである。大量生産に向いているので、今回の炊き出しでも作ったことを久世と市之瀬は覚えていた。

「ほら！　そこの二人！」

「え？」

レティアが三白眼で久世を睨み、ビシっと指を指す。

「教会の爪の垢を煎じて飲みなさいよ‼　全く、あんたら何しに来たのよ、うちらの国に！　傭兵ならとっとと余所行きなさいよ！　邪教徒ならここで布教したって無駄なんだかんね！」

「それは、こっちが聞きたいことなんですよ、実際……」

久世は苦笑しながら、彼女の料理を無心につつく。

市之瀬も、上官がそうするならと目を伏せた。久世には部隊配属以来、迷惑をかけっ放しだ。ここで彼女に反論するわけにもいかない。

レティアは、どんな嫌味を言っても久世が怒らないことで、ふと我に返った。

「……ま、まあ、リュミ司祭の下にいるんだから、しっかり学びなさい、よ」

バツが悪くなった彼女は、腕を組んで目を逸らす。

　こいつらは一体何なのだろう？

　物心がついた頃から大衆食堂で働く彼女にとって、こういった男は珍しい存在だった。

　普通、ここまで言えば怒ってつっかかってくるか、嫌気が差して出ていくはずだ。快活な性格のレティアは、それも納得ずくで悪態をついている。

　だが、この男達はそうしない。受け入れて、黙って耐える。

（な、何よ！　あ、アタシじゃ怒る気にもなんないっての？）

　彼女は久世をちらりと盗み見た。

　傭兵……と言うには何か違う気がした。

　確かに、身につけている服は小汚さが感じられる奇妙なものだが、それはあくまで服の模様だ。服そのものに不潔感はない。傭兵のようなだらしなさがないのだ。

　それは言動や態度にも表れている。本当に粗野で下品な傭兵なら、ここまでおとなしいだろうか？　戦場を渡り歩き、状況が許せば略奪や虐殺を好んで行う連中には見えない。

　かといって、商人や、ましてや聖職者にも見えない。

（何なんだろう……もしかして？）

　レティアの脳裏に、ある直感が過った。

（正規軍……それも、かなり高度に訓練された軍人……まさか、そんなはずは……）

　それは、父がかつて職業軍人であり、彼の姿を身近で見てきたから感じたに過ぎない、曖昧で確信の持てない感覚だった。

（そ、そうよ！　そもそも、軍人とは思えない格好をしてるじゃない！）

レティアは益々、この奇妙な外国人達のことが分からなくなった。

そんな連中が、リュミ司祭と行動を共にしている理由も、皆目見当が付かなかった。

何か、自分では想像もつかない事情でも抱えているのだろうか？

そう思ったときだった。

——きゃあぁ！

外で悲鳴が上がった。

店のすぐ近く、中央広場だ。

全員が窓の外を見た。

そこには、一見するだけで傭兵と分かる集団がいた。

「おらぁ！　見せもんじゃねえぞ！　散れ散れぇ！」

男達は、周囲で朝の市を始めようとしていた商人や地元の人間に向かって、剣などを振り上げて威嚇している。

（一体何があった？）

久世と市之瀬は顔を見合わせて、改めて窓の外に視線を向けた。

傭兵達がある人物を囲んでいる。

「よお、姉ちゃん、俺達にケンカ売って、タダで済むと思ってんのか？」

傭兵(ようへい)達の中央に立つ、スキンヘッドのいかにもな顔をした大男が、棍棒(こんぼう)で肩を叩(たた)きながら目の前の人物を見下ろしている。そこには、ローブを頭からすっぽりと被った長身の人物と、その人物にすがりついて震えている少女の姿があった。

「うっさいわねぇ。だったらいくらで済むのよ？　アタシ、路銀(ろぎん)が尽きて、昨日からなんも食ってないんだけど？」

声からすると、ローブの人物は女性のようだ。

二十人はいる傭兵(ようへい)に囲まれても、まるで怯(ひる)んだ様子はなく、傍らの少女をしっかりと抱いている。

長身の女にすがっている少女を見て、レティアが血相を変えた。

「ファルアちゃん⁉」

その少女は近所のパン屋の娘だった。この戦災の後でも、街の人達のために貴重なパンを前と変わらない価格で売っている良心的な店の娘。

つい今朝方も、パンを買いに行ったときに会った。

それに、レティアにとって、彼女は歳の近いかけがえのない友達でもあった。

「ひゃははは！　そいつぁ俺達も同じだぁ。帝国軍が思いのほか弱かったみたいでよぉ。稼(かせ)ぎのアテが外れて食いっぱぐれてんだ」

大男の言葉に、長身の女が冷たい口調で言う。

「……んで、このコから、パンとついでに純潔まで奪おうってワケ？」

傭兵達が爆笑した。彼らのほとんどが酒に酔っているようだ。

「なあに、もう少しすりゃあ別の稼ぎ場を探す予定だったんでな、去り際にちょいと土地のものを楽しみたくなるのが、人情ってもんだろう？」

戦場での非情に浸かり過ぎて、もはや善悪の境界線がすり切れてなくなった連中だった。

「あ、あぁ……なんてこと……」

レティアが蒼白になった顔を手で覆った。

このあたりは宿泊施設が多い。ここ最近は内地軍の巡察が少ないせいもあって、傭兵達の姿が多く見られたが、こんなことになってしまうとは。

助け出そうにも、武装した二十人が相手ではどうすることもできない。

自警団の類もいないわけではないが、娘一人のために戦争屋を相手に動くかどうか。

それにしても、あの長身の女は一体誰なのだろう。

レティアがおろおろしていると、カタンと椅子を引く音が聞こえた。

視線を向けると、あの奇妙な服を着た二人が立ち上がっていた。

「ど、どうするんすか久世三尉？」

まだ少年の面影を残す方が、青年に向かって動揺した表情で尋ねている。

クゼと呼ばれた青年は、しばらく躊躇いを見せていたが、やがて毅然と答える。

「放っておくわけにはいかない、な」

「で、ですけど、トラブルは避けろと命令が」

「国連軍として、目の前の犯罪行為を見過ごすわけにもいかん。俺達が居合わせておいて、誰かが死んだりしたら、それはそれで問題になる」

　わけが分からない会話をする二人を、レティアは呆然と眺める。

「市之瀬、ライフルの調整は済んでいるな？」

「は、はい。車輛の中にありますが」

「よし、車で装備を整える。市街地戦装備。お前は距離を置いて狙撃態勢を取れ。俺が前衛を務める。無線機を忘れるな」

　会話の内容が全く理解できないレティアだったが、彼らが今から何をしようとしているのか、それだけは辛うじて理解できた。

（奴らに、挑むつもりなのっ⁉）

　レティアは驚愕の表情で二人を見つめた。

　リュミは、二人に向かってそっと祈りの姿勢を取っている。

　それはまるで、彼らを信じているような……

「怯むな。状況開始！」

「りょ、了解！」

レティアが疑問を口にするよりも早く、二人は外へと飛び出していった。

◇

パジェロの後部ドアを開けると、南京錠のかかった武器トランクがあった。

久世は首にかけてあった鍵を取り出して錠を解除し、トランクを開けた。とかく武器の管理には厳しい自衛隊の慣習が、この一刻を争う事態の中ではもどかしかった。

彼は、トランクの中から対人狙撃銃を取り出すと、市之瀬に押しつけるように差し出す。受け取った市之瀬は、その銃の槓桿を操作して薬室の中を確認する。

次に9㎜拳銃と9㎜機関拳銃を取り出した久世は、拳銃を腰のホルスターに収めた。

二人は市街戦装備として防弾チョッキとニーパッド、エルボーパッドなどのプロテクタを身につけ、救急セットをはじめとする必要物も携行した。

「久世三尉、小銃の携行は？」

市之瀬は武器トランクに残った89式5・56㎜小銃を指差した。

89式小銃は、破壊力や命中精度、有効射程距離、そのどれもが9㎜機関拳銃よりも優れている。何故そちらを持っていかないのか、市之瀬には疑問だった。

「ここは市街地だ。見ろ、周辺の建物はギャラリーだらけだ。ここでライフル弾をぶっ放して外してみろ、流れ弾で死人が出るぞ」

89式小銃の有効射程距離は軽く四〇〇メートルを超える上、流れ弾も数キロの飛距離が出る。日本の演習場で、外れた弾が場内を越えて農家に当たり大問題になった例も、過去に存在した。この人口密集地の王都では、流れ弾の先に人がいる可能性が高い。

「じゃあ、俺のスナイパーライフルは……？」

「お前の腕を信じてるからだよ。射線に気をつけろ、弾を後ろに流すな。あと、何より外すなよ」

無線機のヘッドセットを装着し終わると、久世は部下の肩を叩いた。

（無茶を言ってくれるぜ、小隊長）

市之瀬は狙撃銃を担ぐと、狙撃ポイントになりそうな高所を探して走り出した。

9㎜機関拳銃を握った久世は、ただ一人、傭兵の集団へ向かっていく。

傍目に見て、それは自殺行為だった。

どんなに強い戦士だろうと、二十人以上の敵を相手に一人で戦いを挑むなど、無謀以外の何ものでもない。

レティアは店内からその様子を見て、絶望した。

「し、死ぬわよ、あいつ……」

震える唇でそう呟いたとき、店のドアが開いて市之瀬が入ってきた。

「あ、あんた！　仲間見捨てて何してんのよ⁉」

市之瀬は、その言葉を無視して真っ直ぐな視線をレティアに向けた。

「ここ、三階の窓か、屋上、あるかい？」

「え？　ちょ、ちょっと、どこ行くのよ⁉」

店内に鋭い視線を走らせた市之瀬は、階段を見つけると、ドカドカと対人狙撃銃を抱えて走り出す。

レティアの抗議に答えている暇はない。上官が一人で殴り込むのを援護しなければいけない。

三階に駆け上がった市之瀬は、広場に面している部屋のドアを開けた。

すると、中から静かな低い声が響いてきた。

「誰だ。ここを俺の店と知っての狼藉か？」

窓際に男が立っていた。片腕で松葉杖をつき、反対の手に戦斧を握った包帯だらけの逞しい男。

（何者だ……、こいつ……）

市之瀬は、一瞬、息を呑んで立ちすくんだ。

しかし、こうしている間にも、久世はあのならず者達に突っ込もうとしている。

市之瀬は、こういうときにいつも矢面に立っていた久世の苦労が分かった気がした。

「ごめん、おっちゃん！　俺、守らないといけない人がいるんだ。そこの窓、ちょっとだけ貸して！」

拝み手になって頼みながら、市之瀬は窓をちらりと覗いた。

男も広場の騒ぎを見守っていたようだ。戦斧を手にしていたのは、あの捕らわれの少女を助けに行くつもりだったからかもしれない。

男は、市之瀬と広場へと駆けていく久世の姿を、何度か交互に見やった。二人が同じ服装をしていることに気付いたようだ。そして、それが自分を手当した連中と同じものであることにも。

「……あの男、戦いを挑むつもりか？　たった一人で？」

「いいや」

市之瀬は狙撃銃の安全装置を外し、初弾を装填しながら答えた。

「俺入れて、二人っすよ」

男は真剣な目で市之瀬をじっと見つめた。

そのとき、そっと部屋に入ってきたレティアが市之瀬の背後に忍び寄り、羽交い締めにしようとした。

「うわわわ！　安全装置解除してんのに、危ねえだろ！　おい⁉」

「ちょっとお！　お父さん、早くこのバカ叩き出して――」

「良いだろう」

「え？」

激しく揉み合っていた二人の身体がぴたりと止まる。

父の言葉の意味が理解できずに、レティアは呆然とした。市之瀬の方も、目を丸くしている。

「い、良いんすか？」

「ああ。守らなければならない人がいるんだろう？」

レティアの父はそう言って、市之瀬に向かって微かに笑った。

「俺も同じだ」

◇

傭兵達は一歩も引こうとしない長身の女に対して、次第に苛立ちを見せ始めていた。

「か、頭ぁ、この女ひん剥いちまおうぜぇ」

「声からして、なかなか良いオンナのようだしよぉ」

連中にとって理由はなんでもよかった。傭兵の中には、騎士団として国に召し抱えられる者達もいるが、それは例外的な存在である。大半の傭兵は野盗と大差なく、野盗が雇われて傭兵になっている場合も多かった。この連中はそういった手合いだ。

「あら、声だけでそんな評価をいただけるなんて光栄ねぇ。でもお生憎様。私、あんたらみたいなの好みじゃないの」

女の声に笑いが混じっている。余裕があるのだ。

彼女に助けられた少女は、傭兵達の口調に殺気がこもり始めたことを感じ取って、今にも泣き出しそうだった。

「ま、でも、アタシの魅力を、声だけだと思ってもらっても困るし」

彼女はゆっくりとローブに手をかけると、それを一気に脱ぎ去った。

バッ、と派手な音があたりに響く。

久世は、その光景をはっきりと目にしていた。女との距離は、あと五十メートル。

「痛い思いをする前に、その目に焼き付けときなさいっ！」

彼女が啖呵を切った。

取り囲んでいた群衆からどよめきが上がる。

ローブを取った女の白い肌が、朝日を浴びて透き通るように輝いている。そして、その白い肌を際だたせるように身体に描かれた刺激的な美しい紅い紋章。

彼女が着ているのは、一見すると、ビキニの水着姿だった。だが、よく見るとそれは旅芸人の踊り子の衣装をアレンジしたものだと分かる。

久世は唖然とした。

その露出狂のような姿に、ではない。

彼女の美貌と、ある一点に。

「耳が……長い？」

久世は思わずそう呟いてしまった。

まるで笹の葉のように彼女の両耳は長かった。明らかに人間のものではない。

「え、エルフだとぉ⁉」

「森の番人が、何でこんな戦場だった街にいやがんだ⁉」

傭兵達から驚愕の声が上がった。

（エルフ？）

久世には、彼らの言葉の意味が分からなかった。

「ヒハァ！　エルフ女たぁ幸先がいいや！」

「森のお恵みをいただくとするぜぇ！」

久世は、傭兵達の興奮に別種のものが混じり始めたことに気付く。

「まずい！」

万が一に備えて、久世は９㎜機関拳銃の安全装置を解除しようとした。

　だが、ワンアクションでは安全装置を解除できない。実戦における操作性さえも犠牲にして安全管理を優先するという、自衛隊特有の機構のせいで安全装置が簡単には外れない。この９㎜機関拳銃は、安全装置のスライド式のボタンを一度上に押し上げて横にずらす、という面倒な操作を経て射撃モードに切り替わる。一刻を争う接近戦での使用が前提の銃だというのに、この操作性の悪さを改善しないまま配備してしまうあたりに、実戦を想定していない日本の国防思想が滲み出ていた。

「ああもう！」

　彼は構えを解き、安全装置を確認しながら射撃モードを「レ」に切り替えた。「レ」とは連射の頭文字で、フルオート射撃が可能になる。

　しかし、その一瞬の遅れが命取りになった。

「ただし腕の二、三本、覚悟しろや」

　山刀のような無骨な武器を抜きながら、傭兵が彼女達に飛びかかった。

　エルフにすがっていた少女の顔が「ひっ」と恐怖に歪んだ。

「クソッ！　間に合うか！」

　久世は走った。

　――と、その瞬間、久世のイヤホンに無線通信が飛び込んできた。

『配置につきました！　久世三尉！』

久世は走りながら叫んだ。

「山刀を持った男を制圧！」

命令と同時に、傭兵が山刀を振り上げた。

「嫌ぁっ！」

少女の悲鳴。

そして——風を切り裂く鋭い音。

血煙が舞った。

「ぎゃあああぁ!? い、痛ぇっ!? な、何なんだ！　畜生ぉ!?」

山刀が石畳に落ちて金属音を立てた。

右手の甲を貫かれた傭兵が、苦痛に悲鳴を上げる。

エルフと少女は、突然目の前で起きたことが理解できずに呆然としている。

（ナイスショットだ、市之瀬！）

久世は傭兵達の目と鼻の先まで接近し、大声を張り上げる。

「やめろ！　その女性達から離れるんだっ！」

その場の視線が一斉に彼に集中した。

いや、その場だけではない。

中央広場で成り行きを見守っていた多くの市民達が、その奇妙な男の出現に戸惑いを見せていた。

「な、何じゃ……？　あの外人は？　旅人か？」

商品をたたんで逃げようとしていた露店の店主が呟く。

「エルフ女の連れかしら……？」

捕らわれた少女と顔見知りの、宿屋の女将が疑問を口にする。

「ね、ねえ、あれって？」

「う、うん。公園にたむろしてる、外国人傭兵の一人だよ」

「え、異教徒じゃなかったか？」

休校中ですることがなく、写本屋で本を探していた魔法学校の学生達が噂する。

衆人環視。まさに今、久世はあらゆる人々の好奇の視線を一身に浴びていた。

「なんだぁ、てめえ？　変な格好しやがって。ナメてんのか」

「まさか俺達に向かって言ってんじゃねえだろうなぁ？」

傭兵達の殺気が、ピリピリと肌を刺す。久世は思わず恐怖に尻込みしそうになったが、ここで退けば全てがご破算になる。それだけは、できない。

「彼女達を解放するなら、これ以上の危害は加えない！　この場から立ち去って欲しい」

久世は毅然とした態度で、できるだけ高圧的な言葉は使わないように警告した。

だが、そんなものが通用するような連中ではなかった。

「ほう……」

大男が棍棒（こんぼう）を抱えて久世に正対した。

「つまりあれか、今、あいつが手ぇ怪我（けが）したのは、お前のせいってわけか？」

顔を真っ赤にしながら手を押さえている仲間の姿をちらりと見る。

「手当が必要なら協力する。危害を加えたことには謝罪しよう」

敵対的言動にならないように、久世は慎重（しんちょう）に言葉を選んだ。

大男は仲間と顔を見合わせる。

久世が言っていることを測りかねているようだ。

だが、少しして彼らの嘲笑（ちょうしょう）する声があたりに響き渡った。

「はぁっはっはっは！」

久世は大男の笑いの意味が分からず、ごくりと喉（のど）を鳴らす。

「女のために一人でノコノコ向かってくるとは大した度胸だ、兄ちゃん。その根性は買ってやるよ……」

大男はコキン、と首を鳴らした。

「だがなぁ……」

弄（もてあそ）ぶようにしていた棍棒（こんぼう）を両手に握り直し、彼は怒りの形相（ぎょうそう）になる。

「ケンカ売る相手を間違うのは、大馬鹿のするこった。野郎どもぉ！」

その声に、今までニヤけていた傭兵達が一斉に殺し屋の顔に変わる。

「うるぁああああああ！」

全員各々の得物を抜き、目の前の酔狂な男を血祭りに上げるために雄叫びを上げた。

傭兵は、自身にかすり傷一つでも負わせた相手を絶対に許さない。野良犬には野良犬の流儀がある。はいそうですか、と引き下がっては、今後、傭兵として生きていけない。舐められることを何よりも嫌うのは、気性の問題だけでなく、それが商売に直結するからでもあった。

「死ねやぁあああああ！」

久世は、二十人以上の傭兵が殺気をみなぎらせて襲いかかってくる迫力に気圧された。

だが、手にした９mm機関拳銃を強く握り、力の限りに叫ぶ。

「正当防衛射撃っ！」

久世は銃口をやや下向きに構えた。

向かってくる敵の足を狙う、というよりは、足下を狙う感覚だ。

９mm機関拳銃は、拳銃やライフルに比較して命中精度が恐ろしく低い。それは、一分間に千三百発という発射速度のせいで、銃口があっという間に跳ね上がるからだ。

しかも、この広場は全面石畳である。

それが意味することは――

久世はトリガーを引き絞った。

バラララララッ！　と、９㎜とは思えないような大きな発射音が広場に響く。

——同時に、突進してきた傭兵達が、まるで何かにつまずいて転んだかのようにバタバタと倒れていった。

「うぎゃあぁあぁぁ⁉」

「あ、足が、足がぁ⁉」

「な、何が起こったんだ！　こん畜生ぉ⁉」

傭兵達は足の甲や指先、そして脛を撃ち抜かれてのたうちまわった。

薙ぎ払うように地面に向けて放たれた弾丸は、そのほとんどが命中したらしい。９㎜機関拳銃の集弾性や命中精度の低さを逆手に取った撃ち方が功を奏した。硬い石畳の地面であれば、土に比べて弾丸が跳ね返る、いわゆる跳弾する確率が高くなる。この距離であれば、直撃せずとも跳ねた弾丸が傭兵の足のどこかに必ず当たるはずだった。それに、無関係の人に当たることもない。

「ひゅうっ！」

久世は、止めていた息を大きく吐き出した。そして全身の力を抜き、撃ち尽くして空になった弾倉を地面に落とした。硝煙の中、カラン、と無機質な音が響く。

それで我に返ったのか、地鳴りのような声が上がった。

「何してやがる！　ぶち殺せぇぇぇぇ！」

怯んで足を止めていた無傷の手下に向かって、大男は檄を飛ばす。

正体不明の攻撃よりも頭の方が恐ろしいのか、彼らが再び久世に襲いかかった。

「野郎よくも！」

「ぶっ殺してやらぁ！」

弾切れの銃を手にした久世は、彼らに背中を見せて後退した。

その姿を見た傭兵達が口々に叫ぶ。

「ひゃははは！　何だ何だぁ！　怖じ気づいたかぁ⁉」

「魔法は品切れかぁ⁉　脅かしやがってぇ！」

久世は無線機に向かって命じる。

「市之瀬、スコープから目を離せ！」

『は、はい！』

９㎜機関拳銃をスリングで首に提げた久世は、腰の雑嚢から円筒形の物体を取り出す。そして、その閃光音響手榴弾――つまりスタン・グレネード――の安全管理上、テープで固定していたリングを、ほとんど力任せに引き抜いた。

「ピン抜きよぉし、投げ！」

この緊急事態でも、訓練時の物言いが思わず口をついて出る。久世は自分の間抜けさに呆れながら、追ってくる敵に対して振り向き様に手榴弾を放り投げた。

放り投げた瞬間、安全レバーがバネの力で弾け飛ぶ甲高い音が響いた。

傭兵達は、足下にそれが転がってきたとき、一瞬身構えたものの、コロコロと力なく転がるだけの筒に拍子抜けする。

「おいおい腰抜けぇ！　忘れもんしてんじゃねぇぞ！」

傭兵が笑いながらその円筒形の物体を蹴飛ばした瞬間――

眩い閃光。

すさまじい轟音。

真っ白に染まった空間。

追っ手の傭兵達は、自分の悲鳴さえ聞こえなくなるほどに聴力が麻痺し、目の前すら見えなくなるくらいに視界がホワイトアウトした。

「あがが……み、耳がぁ⁉」

「め、目が真っ白だ！　た、助けてくれぇ‼」

スタン・グレネードは、対テロ作戦などで使用される非殺傷武器である。自衛隊でも、市街地戦闘用の装備として配備されていた。

ふらつく傭兵達を尻目に露店の陰に隠れた久世は、防弾チョッキのポケットから予備弾倉を取り出し、銃に叩き込んだ。そして、素早く移動して追っ手の側面に回り込み、再び銃を構える。

「馬鹿野郎！　横にいるぞ⁉」

視力を取り戻した大男が大声で警告するが、その声は手下に聞こえていなかった。

それからは、一方的な戦闘だった。棒立ちになっている敵は、ただの標的に過ぎない。

久世がバースト射撃で数発ずつ連射を加えると、傭兵達は次々と悲鳴を上げて地べたに転がった。

再度リロードが必要になった頃には、傭兵の戦力はあの大男と取り巻きの数人だけになっていた。

広場では、負傷してのたうちまわる傭兵達のうめき声が聞こえる。

「ぐ……ぐぐぐ⁉」

大男の額に太い血管が何本も浮かび上がっていた。

たった一人に手下を壊滅させられた屈辱と、状況のまずさからの焦り。

久世は、今度は背中を見せず、堂々と大男の方へと進んでいった。

空になったマガジンが地面に落ちる。

「ひっ⁉　ひぃぃ！」

それまでの威勢をすっかり失った取り巻き達が、ジリジリと後退った。久世は歩きながら予備マガジンを銃に叩き込む。

「今なら、まだ逃げられますよ？　それとも……」

ジャキン、と威嚇するようにスライドを引く。

その音に、死の宣告でも受けたかのように、傭兵達がビクンと身体を波打たせた。

「全滅するまで、続けますか？」

相手に自分の姿がどう映っているか久世は計算し、低い声で言った。

「か、かかか頭ぁ！　い、今なら許してもらえるんでねえですかい⁉」

「や、奴は、きっと、マリースアの魔法戦士なんじゃ⁉」

「そ、そうだ、あのエルフの連れで、流浪の勇者って奴かも……」

傭兵達は大男に向かい捲し立てた。

「う、うるせえ！　黙ってやがれ！」

手下に虚勢を張り、大男は久世を見据えた。

「へ、へへ……兄ちゃん、やるじゃねえか」

「そりゃ、どうも」

久世はそっけなく鼻であしらった。面倒事を起こした張本人に褒められても、ちっとも嬉しくない。

「み、見逃してくれるんだな？」

「仲間も連れていくのならね」

久世は釘を刺した。

負傷した仲間を見捨てて逃げることなど、彼らにとっては当然のことかもしれないからだ。

「わ、分かった……お、恩に着る」

久世は険しい表情を崩さなかったが、内心安堵した。

とりあえず、これ以上無益な争いはしなくて済みそうだ。

だが、意外なところから声が上がった。

「あらぁ？　もうおしまいなの？　つまんないわねぇ」

傭兵達が背後を振り返り、久世も目を丸くして同じ方向を見た。

そこには、満面の笑みをたたえたエルフの女が、腰に片手を当てて立っている。

背が高く、すらりと伸びた長い脚。そのスタイルの良さに久世の目も思わず釘付けになる。

「そこのお兄さんが許したのは分かったけど、私はまだあんたらを許してないのよねぇ」

小悪魔的な笑みを浮かべている。

話が丸く収まりそうになったところで割って入った女に対し、傭兵達が怒気を漲らせて喚いた。

「ば、バッキャロー!?　て、てめえにゃ関係ねえだろうがぁ！」

「調子コキやがって！　このクソアマぁ！」

（うわぁ、これはひどい……）

傭兵達の態度の変わりように、久世は呆れ果てた。傭兵なんてろくでもない仕事に転落するだけあって、まともな感性など持ち合わせていないらしい。

笑みを浮かべたまま傭兵達を眺めていた彼女のこめかみに、血管が微かに浮き出た。

久世はそういった静かなキレ方をする女性を身近に一人知っているせいか、背筋に悪寒が走る。

だが、見た目は華奢な女性だ。傭兵達をどうこうできるようには見えない。

久世は双方をなだめようと考えたが――

「この国は良い風が吹いてるわぁ……ねっ」

空を仰ぎ見たエルフの女は、急に酷薄な笑みを傭兵達に向けた。そして、まるで何かをあやすように両手を胸の前にかざす。

「風の精霊ちゃん、ちょおっとだけ、力を貸してね」

すると、彼女を中心につむじ風のようなものが起こり始めた。彼女のかざした両手の間では、何かうっすらとしたものが舞っている。

（なんだ、あれは……）

科学を超越した現象に、久世は我が目を疑った。風の精霊と彼女は言ったが、まさかそんなものが実在するとは、既に魔法そのものは目にしていても、にわかには信じられない。

「せ、精霊魔法っ⁉」

愕然とした表情でそう呟いた大男に対し、彼女が宣言するように叫んだ。

「風来裂爆ぅっ！」

その瞬間、中央広場は竜巻の中心地になった。

彼女を基軸に、常識外れの突風が巻き起こった。

「どひゃぁぁあぁぁあー⁉」

傭兵達がまるで紙切れのように宙を舞った。

周囲の露店も天幕を吹き飛ばされ、商品が無惨に飛散する。

「のわぁぁあああ⁉」

久世も無事では済まなかった。暴風に抗えず、派手に吹き飛ばされる。

そんな彼の頬に、背中に羽の生えた小さな女の子が飛びついた。久世は信じられない思いでその女の子を凝視する。まさか、この娘が風の精霊だろうか、と暴風の中で思う。

『キャハハハハ』

風の精霊は、久世のぎょっとした表情を楽しそうに嘲笑い、彼を解放した。

「ぐっ！」

彼は古美術商らしき露店の上に落下した。高価そうな壺や皿がけたたましい音を立てて割れ、値の張るポーションや丸薬の中身が地面にぶちまけられる。

落下の衝撃に、久世は一瞬、気が遠くなる。

その間、わずか十秒足らず。

台風をまるごとぶつけられたような感覚に襲われた。

「あ、あたた……」

全身が衝撃で悲鳴を上げる中、久世は身体を起こした。

防弾チョッキやプロテクタをつけていたのは不幸中の幸いだった。肘や膝は無事だ。痛めたりはしていない。

身をよじると、ぶち壊してしまった商品の残骸がチャリチャリと音を立てた。

「……勘弁してくれよ」

無残に砕け散った壺や皿を見て、久世はしゃがんでしまった。

また始末書を書くことにならないよう祈るしかない。

「乙女の貞操を脅かした罪は万死に値するのよ。生きてるだけ、ありがたいと思いなさい」

仁王立ちになったエルフの女が、ノビている大男に向かって説教をしていた。

「あと、これは私の分」

ゲシッ！　ゲシッ！

見事なまでに長い脚を振り回して、彼女は大男に蹴りを食らわせる。

人々が持つ森の妖精エルフ族のイメージは微塵もなかった。

「さぁて、と」

一仕事終えたとばかりにポンポンと手を払った彼女は、久世を見つけて優雅に歩いてくる。

見事なモデル歩きだった。

「大丈夫かしら？　お兄さん」

久世を見下ろして、彼女は尋ねた。

ややハスキーな声。

彼女を見上げた久世は、その美しさにしばし我を忘れた。

先程までの無茶苦茶な所行など完全に忘れさせるほど、彼女は美しかった。

彼女は久世に手を差し伸べる。

「あ、ええ、まあ……」

彼はその手を握り、立ち上がった。

白魚のような指先、とでも言うのだろうか。久世はその手のか細さに驚いた。そして、立ち上がって帽子を脱ぎ、身体中に降りかかった陶器の破片や丸薬のカスを払う。

そんな久世の無防備な素顔に、彼女は冗談ともつかない口調で呟いた。

「あら、勇気があるからどんな人かと思ったら、良いオトコじゃない」

意外な言葉に、久世はびっくりして彼女を見る。

「え？　あ、ありがとうございます……」

「ふふ……どーいたしまして」

笑みを浮かべた顔も、また美しかった。

彼女自身の性格と身に纏(まと)う神秘さは、どうやら全く無関係らしい。

久世はそんなことを考えながら、彼女をまじまじと見つめた。

「いやん！　そんな見つめないでよぉ」

「し、失礼」

久世が慌(あわ)てて目を逸(そ)らすと、彼女は「冗談(じょうだん)よ」と笑い、彼の顔を覗(のぞ)き込んだ。

「やっぱり、エルフが珍(めずら)しい？」

「〝エルフ〟っていうのは、一体何なんです？　さっき、この傭兵(ようへい)たちも言っていましたが……」

久世の疑問に、女は切れ長の目を丸くした。純粋に驚いたようだった。

「へ？　エルフを知らないの？　あなた、どこの国の人？」

この世界の人間で——たとえそれが農民だろうと貴族だろうと——エルフの存在を知らない者はいない。

エルフは、戯曲(ぎきょく)や舞台劇、吟遊詩人(ぎんゆうしじん)の歌う英雄譚(えいゆうたん)の中でよく登場する。万人が目にするほど人間世界へやってくることはないが、生涯一度も会うことがないというほどでもない。

そんなエルフのことを、未知の存在として尋ねる久世に、彼女は驚きを隠せなかった。

「あ、いえ、その、自分らは異世界から来たので、こちらの世界のことはよく分からないんです……」

隠しても仕方のないことだった。信じてもらえるかどうかはさておき、久世は正直に説明する。

「異世界っ⁉」

広場の人々は、そのようなやりとりをする二人――迷彩服にゴテゴテと装備品を取り付けた完全武装の自衛隊員と、きわどい露出のエルフ美女――を、違和感をもって眺めていた。

彼らにはその光景が、非日常に属するものに思えたのだ。

――と、誰かが息を切らして二人のもとに走ってきた。

「ファルアちゃん！」

ポニーテールが揺れている。レティアだった。

「レティア姉さん！」

爆心地の中心で放心していた少女が、レティアの姿を見て涙目になり、立ち上がった。

「良かった！　無事で……」

レティアはファルアを強く抱きしめる。

露出狂エルフはそんな二人を見て、訳知り顔で何度も頷いた。

「うんうん、良かった良かった！」

「……お知り合い、なんですか？」

「うんにゃ、全然」

久世が唖然とするのを尻目に、彼女は二人のもとへと近づいた。

「無事なようね」

「あ、ありがとうございます、エルフさん」

ファルアはエルフの女性に向かって笑みを見せる。

傭兵に絡まれたとき、すぐに救いの手を差し伸べてくれたのは、彼女だった。エルフという存在に対する憧れも加わって、ファルアには彼女が女神のように見えている。

「そうね、無事は何物にも代えがたいわ」

だが、そんな無垢な少女の笑みを見て、エルフの女はギラリと目を光らせた。

「そこで、ちょっとお願いがあってねえ……」

「な、なんですか？」

ずい、とエルフの女はファルアに向かって手のひらを差し出した。

「お助け料として、南海連合共通銀貨で五枚ほどいただきたいんだけど」

その場が静まり返った。

ちなみに、南海連合共通銀貨は、五枚で見習い騎士の俸給の約一週間分。日本の価値観で言うならおよそ五万円くらいである。微妙に生々しい価格設定だった。

エルフの女は、今にも取って食いそうな形相でファルアの肩をガクガクとゆすった。

「言ったでしょ!? アタシも昨日からなんも食ってないって！ 良いじゃない！ 命よ、命！ 命を救ってもらって銀貨五枚！ まあなんてお安いんでしょう！」

必死だった。

食うに困るって恐ろしい。きっと今の彼女の様子を見て、誰もがそう思ったに違いない。

（……ないわー、この人）

久世は自分の中で、彼女の株価が再び暴落していくのを感じた。

ファルアが久世を見て、慌てて声を上げる。

「あ、ああああの、そ、そちらのお方は、おいくら欲しいんでしょう？」

久世は苦笑すると、首を横に振った。

「いいえ、自分はいりません。任務みたいなものですから」

ファルアは首を傾げたが、とりあえず目の前の青年が対価を求めていないことは分かった。

災害派遣や人命救助、果ては不発弾の処理などで、自衛隊が民間人に代金を要求することはない。良くも悪くも日本のお役所である。

「ほ、本当に良いの？」

今度はレティアが信じられないといった表情で、久世を見る。

彼女は密かに、久世の行動は恩を売って報酬を得ようとしたものだと思っていた。傭兵二十人以上を相手にたった一人で飛び込んでいくなど、報酬なしなら、一体何のためだと言うのか。

「ええ、まあ。レティアさん達に肉じゃが作ってたのも、災害派遣の一環ですしね」

「……にくじゃが？」

レティアは久世が言ったことに、腑に落ちない何かを感じ取る。

だが、エルフの女が、割り込むように久世に食ってかかった。

「ちょっとちょっと⁉　なに遠慮してんのよ異世界から来たお兄さん‼　それじゃまるで私が金にがめついみたいじゃない⁉」

まるでと言うか、実際にそうだと言いたい気持ちをグッと堪え、久世は彼女に言った。

「ま、まあ、あなたが請求する分には自由だとは思いますけど、自分は公務員ですし……」

「だぁーもうっ！　異世界の人間って、マジ分かんない！」

エルフの女の言葉に、レティアが反応した。

「い、異世界って何よ!? あんた、外国人傭兵か邪教徒じゃあ……」

「自分は傭兵じゃありませんよ。まあ、説明しても分かんないでしょうけど、一応、国の組織の者です」

レティアは、店内で感じていた違和感と合致する久世の言葉に愕然とする。

「なによう!? なんとか騎士団とか言うわけ?」

エルフの女が恨めしそうに尋ねる。よほど腹が減っているらしく、嫌味たっぷりだ。

「いいえ」

久世は苦笑した。説明に窮するが、ここは自身の身分を分かってもらわなくてはならない。

「日本という国の自衛隊という……まあ軍隊みたいな組織ですよ。こちらの世界では〝ルーントルーパーズ〟と呼ばれているそうですが」

「ルーントルーパーズ……!?」

レティアは目の前の青年を凝視した。

見ず知らずの少女のために圧倒的な数の敵に挑み、壊滅させ、報酬も求めず、己の自慢もしない。金も名声も、求める気がないのだ。それなのに、彼は自分の友達のために命を懸けた。

自分はもう十七だ。もう大人だ。だから、御伽話のように都合の良い勇者様がいるなんて思っていない。だけれど、だけれど……

目の前にいる彼は、まさにその勇者ではないのだろうか？

「さぁてと、状況終了だ。撤収するぞ、市之瀬」

久世は踵を返し、彼女達に背中を向けた。一見、颯爽として見える彼だが、実は内心では、帰ったら絶対始末書を書かされると怯えていた。

「ま、待ってよ！」

「え？」

久世は、呼び止めたレティアを見つめる。始末書ものの行動をやらかした後で、また何か責められるのかと陰鬱な気持ちになっていた。

しかし、レティアは何かを言いにくそうに、エプロンをきゅっと握って立っている。

「あ、あり……がとう……」

顔を真っ赤に、目も合わせられなかったが、彼女は何とかその言葉を口にした。ファルアも、エルフ女を振りほどき、久世に向かって頭を下げた。

「ありがとうございます！　異世界の勇者様！」

ファルアは素直だった。

傭兵に囲まれたとき、たった一人で自分達を救うために飛び込んでくれた。それがどんなに心強かったことか。理屈ではない。心の底からの感謝だった。

「い、いえ、自分は当然のことをしたまでですよ」

礼を言われた青年は、どこか戸惑いの表情を浮かべている。

そうだ、違和感と言えばこれも違和感だった。レティアは、感謝されることに慣れていない様子の久世を見て強くそう思う。

ファルアの叫びに、広場の人々のざわめきがより強くなった。

「勇者だって？」

「あの変な服を着た奴がか？」

「でも、あの子を命懸けで救ったわよ？」

「か、金もいらないなんて、古くさい英雄物語の主人公みたいじゃないか」

久世は大事になってしまったと、軽い後悔に襲われた。

ここは急いで撤収した方がよさそうだ。そう思っていた矢先だった。

「内地軍が来たぞーー！」

誰かの叫び声が、久世の耳に入った。

（まずい！）

久世は焦った。派手に銃をぶっ放し、閃光手榴弾を炸裂させたのだ。騒ぎと言えばこれ以上の騒ぎもない。治安部隊に気付かれるのは無理もないことだった。

「ズラかるぞ！　市之瀬！」

ただでさえ微妙な立場にある自衛隊が、都市のど真ん中で戦闘行動を行った。内地軍に拘束されれば、あらぬ嫌疑をかけられかねない。この世界で信用できる者がほとんどいないことは、例の教会の一件と、敵意むき出しの内地軍のあり方を見て分かっていた。

三十六計逃げるに如かず。幸い、こちらには車がある。逃げ足ならまず負けない。

「クゼ様！」

車輛に向かって脱兎のごとく駆け出すと、既にリュミが待っていた。転がるようにして、市之瀬も店の中から飛び出してくる。

久世は振り返った。

広場の向こうから巨大な陸鳥に乗った騎士の一団の姿が微かに見えた。中世ヨーロッパの騎士のような甲冑を身につけている。確かに、あれは内地軍だ。

この世界では、馬だけでなく、陸鳥というダチョウの親玉のような鳥も使役している。

久世はこれまでに何度もその様子を目にしていた。

「怪しい奴を逃がすな！」

内地軍の将校は車輛を見るなり抜刀して、こちらを指差して叫んだ。

この調子では、捕まったらどうなるか分かったものではない。

「ああクソ！　もう知るか！　バカタレ！」

どんどんまともな公務員から離れていく自分に嫌気が差しつつ、久世は運転席に飛び込みシートベルトもせずにキーを回した。

砂埃を上げながら、自衛隊仕様のパジェロが急発進する。

リュミが後部座席で悲鳴を上げた。

凄い速度で追いかけてくる内地軍の騎士達が、バックミラーに映る。

陸鳥の瞬発力も相当なものだが、人を乗せてトップスピードを持続するのは難しいようだ。

次第に彼らの姿が小さくなり、やがて見えなくなる。

「はぁはぁ……撒いたか……」

久世は額の汗を拭った。

そして、後部座席のリュミに声をかける。

「大丈夫ですか？　だいぶ荒い運転をしましたけど、どこか打ったりしていませんか？」

「ああ、アタシなら大丈夫よん」

ぴょこん、と細長い笹の葉のような耳が車内で揺れる。

「なら良かった………って⁉」

久世は大きく目を見開いた。

「それにしても速いわねぇ！　アタシ、こんな乗り物初めてだわぁ」

「どうしてアンタも乗ってるんですか⁉」

リユミを隅に追いやり、艶めかしく長い美脚を伸ばして後部座席に座っているエルフの女に、久世が悲鳴を上げた。

「んもう、あんなに熱く私に愛を求めてくれたのに、今更水くさいじゃない」

愛を求めた⁉

いったい、いつ？　誰が？　どこで？

そんなことが本当にあったのか、逆に教えてくれ！

久世はそう思いながら、目を丸くしていた。

「あ、あはは……クゼ様、変わったお知り合いが増えましたね……」

リユミが、そのあられもないエルフ女の肢体に頬を赤らめつつ、フォローにもならないことを言う。

「ああ、そうだわ、まだ名前を言っていなかったわね」

エルフの女は、久世の頬にその白い指先をそっと這わせた。

「私の名前はフェルゥア。〝ルー〟って呼んでちょうだい」

魅入られたように、久世は彼女を見つめた。

性格破綻者だというのに、そこにいる女性はやはり美しい。

「久世三尉っ！　事故る事故るっ‼」

市之瀬の悲鳴が車内に響く。

慌(あわ)ててハンドルを切った車が大きく揺れる。

「きゃはははは！　おっもしろいわねぇ！」

「うわぁあああぁ！　何なんだよ！　次から次にぃ！」

次々と降りかかるトラブルに、久世は、心の叫(さけ)びが口から飛び出すのを止めることができなかった。

# 第4章　疾走（しっそう）

「ねえねえ、この乗り物って生き物じゃなさそうだけどさぁ、休ませなくて大丈夫なの？」

人を乗せた陸鳥（おかどり）の最高速度を軽く超えて、しかも四人もの人数を乗せて平然と走り続ける乗り物が気になるようで、エルフの美女――ルーは耳をピクンと動かし、興味津々（しんしん）といった表情で尋（たず）ねた。

ハンドルを握る自衛官の久世は、苦笑して応じる。

「ガソリンは満タンにしてきたんで大丈夫ですよ」

「がそりんって何？　マンタンって何のこと？」

「この乗り物を動かす原動力は十分に蓄えてある、ってことですよ」

「そのガソリンっていうのは、マナか何かの一種なの？」

「マナっていうのが何なのか、分からないんですが……」

車であてもなく走っていると、後部座席のエルフが雨のように質問を浴びせかけてくる。

久世はそれに答えることで、しばし今の状況を忘れようとした。

おそらく内地軍は、あの騒動に自衛隊が関与したとして、宿営地周辺の警備を強化するはずだ。となれば、情報収集を取りやめて帰還するのも難しい。今度検問にぶち当たったら、無事では済まないだろう。リュミの説得にも限界がある。

「……どうやって帰ろう」

「なんか、もう情報収集とかいうレベルの話じゃなくなってきたっすね」

助手席の市之瀬が外の景色を眺めながら、時折、写真を撮影している。

久世はため息をつくと、とりあえず宿営地に連絡を取ろうと決めた。

無線機の使用を考え、電波の届きそうなところをリュミに尋ねる。

「リュミさん、この辺で少し高台か開けた場所ってないですかね？　できれば内地軍がいないような場所」

「開けた場所で、内地軍がいない場所ですか……？」

後部座席でリュミが考え込む。

「そうですね、ここからだと商工ギルドが集中している〝人魚の泉〟広場が、良いかもしれません」

「そこに内地軍はいない？」

「商人は客以外の軍人を嫌います。それに、マリースアの商人は内陸部の都市国家出身者が多いので独立心が強く、基本的に商人の区画は自治区画化しているんです」

「商人には商人のシマがあるってことか……」

久世は、何やらお国の面倒な事情を耳にした気がした。だが今は、それを詳しく聞くのはよそうと思った。利権などが絡んでいそうだし、商人なんて金や儲け話に目がないイメージがある。聖職者にさえ騙されている自分達は、迂闊に首を突っ込まない方が良い。

「それに、戦争のせいで商人が軒並み逃げ出していて、あまり人気がないですし」

リユミはそう言って苦笑した。

「じゃあ、決まりだ。そこに行きましょう」

無駄に走って燃料を浪費するよりは、マシだ。

状況は刻々と変わる。兵は拙速を尊ぶ――と、偉そうな言葉を思い出したものの、結局のところ、日本の組織における命よりも大事なホウレンソウ（報告・連絡・相談）を守るために、そうせざるをえないのだった。

「分かりました。あ、そこの角を右です。あ、その小さな路地に入ってください」

リユミが道を指示していく。久世は慌ただしくハンドルをキリながらボヤいた。

「カーナビが欲しいよ全く」

「ねえねえ、カーナビってなあに？」

ファンタジック極まりないエルフの美女が、世界の命運でも伝説でもなく、カーナビのボヤきに食いついた。

（ああ、もう面倒臭い！）

安全運転を疎かにしてしまいそうな苛立ちを、久世は何とか抑える。

そもそも彼女の乗車を許可した覚えはない。にもかかわらず彼女は、私はここにいるのが当然、といった様子で座っている。

太い。自分のような人間からは想像もできないくらいに、図太い。

それでも彼女を車外へ放り出さないあたり、久世は本質的に優しいのかもしれなかった。

◇

潮風の中に風の精の息吹を感じ、彼女は目を細めた。

密航船に乗って上陸し、街まで辿り着いた。今のところは順調だった。いや、順調でなくては困るのだが。

彼女は、街の中心地に程近い高い建物の上にいた。

頭からすっぽりと被っているローブは、強い日差しを遮るためのものではなく、他者から顔を隠すためのものだ。人気のない商人どもの区画にいるが、油断はできなかった。

彼女は商工ギルドの建物の上から、街の中心にある鐘楼を見つめた。

目標はあそこだ。もう手の届く場所にある。

だが、まだまだ困難が山積している。

一人で、やれるのか？

心に湧いた不安を、彼女は慌てて打ち消した。

そう。自分は失敗できない。失敗するつもりも、ない。

失敗……それは自分の死と、部族の死を意味する。

重圧で、彼女の小さな胸は押し潰されそうになる。

（弱気になっては……ダメ）

大きく深呼吸をすると、彼女は懐の中からある物を取り出した。

巻物だ。

任務に際し、必要と思われる物は例外なく用意してもらえた。それだけは、ありがたかった。

彼女は巻物を開いた。

未熟とはいえ自分の魔力は決して他人に劣っていない。それどころか、並の人間の魔術師よりも、自分達の種族は強い魔力を備えている。特に、族長の娘である、自分は。

（父様……母様……どうか、私に力を……）

そう祈ること自体、恥ずべき弱さであると理解しながらも、彼女はそうせずにはいられなかった。一人でいることが、こんなにも心細く、恐ろしいものだとは思わなかった。

だが、彼女は表情を引き締める。

迷っている場合ではない。部族の再興のため、いや、家族の命のため、自分はやり遂げなければならない。

「まずは……陽動からです」

そう呟き、彼女は巻物に書かれた古代語に目を通す。

魔力を集中し、書かれた呪文を唱える。その後、地面に向かって巻物を放り投げた。

巻物は、淡く発光しながら落ちていく。そして、彼女は叫んだ。

「エメス！」

その言葉により、〝それ〟は出現した。

◇

ここが〝人魚の泉〟広場ですか、と言うヒマもなかった。

爆音と地響きがした。巻き上がった土煙が、パジェロの行く手を遮る。

「おわぁあ⁉」

急ブレーキの甲高い音が響き、ハンドルを無理矢理切ったために発生した遠心力で、車内の四人がひっくり返る。

「な、何が起こったんすか？　久世三尉⁉」

「わ、分からない！　奇襲⁉　内地軍、俺達を指名手配でもしたのか？」

久世は何とか土煙を避け、広場の端に車を停止させた。

「……いいや、違うわ」

エルフの女の低い声。

広場の中に、何かがある。

いや、あるのではない、今、できた。

土煙が晴れると、全貌が明らかになっていく。

「な、な……」

久世は、フロントガラスに身を乗り出すようにして、それを見上げた。

「せ、石像？」

聳え立つ物体に対して、そんな形容がまず浮かんだ。

人型なのは、確かだ。

人型で、広場の石畳と同じ灰色。それが石像という印象を強くしているが、誰かを模しているわけではなく、顔に目鼻の類はない。体型も、流麗な人間の姿形ではなく、ブルドーザーやクレーンを連想させる屈強なものだった。

全高は二十メートル近くあるだろうか。

何故(なぜ)それがここにあるのか、久世には全く分からなかった。
そして、後部座席を振り返る。
答えか、そのヒントを与えてくれる存在は、この世界の人間以外にいない。
エルフの美女と目が合った。
宝石のように美しい瞳(ひとみ)に一瞬、今の状況を忘れそうになる。
それを首を振って払いのけ、彼は促すように再び彼女を見つめた。
彼女がふふん、と勝ち誇ったような表情を見せた。アタシを乗せて良かったでしょ？
と言わんばかりだ。
「助けが必要かしらん？　異世界から来た勇者サマ」
「異世界から来た公務員じゃ、どうしようもないですからね」
今日は厄日(やくび)じゃないのか、と久世は半(なか)ば本気で思った。

◇

「あれは一体？」

石像の肩に乗って下の街を見下ろしていた彼女は、足下を高速で走り抜けていった謎の物体に目を丸くした。

追っ手ではない。進路上で突然ゴーレムが錬成されたのを避けようとしたのだから。

しかし、あの奇妙な緑色の鉄の箱が何なのか、彼女には分からなかった。馬や陸鳥が引いていないのに動いていることが、まずおかしい。

（人が乗っている？）

うっかり今の状況を忘れ、その謎の物体を観察していた彼女はハッとした。

こうして事を起こした以上、目の前にあるものは全て障壁であり、敵だ。

あれの正体が何であれ、中に乗っている連中が誰であれ、少なくとも自分にとって味方ではない。

彼女はゴーレムの耳元——と言っても、耳にあたるものはないのだが——で囁いた。

「命令します。この街を蹂躙すること」

ヴン、と口なき口でゴーレムは応え、主の命令を受け入れた。

彼女はそれから少し間を置いた。

躊躇いだった。

そして、追加で命じる。

「壊しても良いけれど……でも、殺してはダメ」

ヴヴン、とゴーレムは再び応じた。

「あとは、そうですね」

彼女は再び考えてしまう。

一刻を争うというのに、こうして一人になると、どうしても自分の中に迷いが生じてしまう。

「攻撃してくる者に優先して向かうこと。そのときも、怪我(けが)はさせて良いけど、命を奪ってはいけません。分かりましたか？」

ヴーン、とゴーレムはその命令の遂行が困難であるかのように唸(うな)った。だが、それでも主(あるじ)の命令は絶対であるためか、異を唱えたり、不服を態度で表すことはしない。

彼女はローブの奥でクスっと笑う。

「良い子。でも、ごめんなさい。私はあなたとはこれきりで、一緒にいてあげられないんです」

捨て駒(ごま)として錬成したゴーレムに、そっと手を触れる。

ゴーレムは、ヴゥンと満足そうな音を鳴らした。

「そうですね、手始めに……あれを破壊してください」

彼女はあの鉄の箱を指で示す。

こちらの姿を見られた以上、ただで帰すわけにはいかない。

「では、後は頼みます」

彼女は、ゴーレムの肩から建物の屋上へと飛び移った。

そして、そのまま屋根伝いに駆けていく。

彼女の視線の先には、教会の鐘楼が、その威光を知らしめるように鎮座していた。

◇

「ゴーレム？」

車内でルーの説明を聞いた久世は、鸚鵡返しに言った。

「そ。あれって石像は石像だけど、マスターの命令を忠実に守るマジックモンスターよ」

ルーは訳知り顔で久世に答えた。

「マスターってのは、あの肩の上に乗ってる？　あ、こっちを指差した？」

「そうね。あら、屋根に逃げた」

「誰なんすかね？　なんか全身を覆った服を着てましたけど、女の子？」

「ゴーレムですか。錬金術の本で目にしたことがありますが、あれが……」

リュミも知っているのか、微動だにせず聳え立つ巨大な石像をしげしげと見上げている。

魔法だの、錬金術だの、怪しげな単語が次々と現実感を帯びてくることに、久世は呆然とした。

「魔法って何でもありなんですね」

そう呟くしかない。

すると、心外だわ、と眉をひそめながらルーが反論する。

「そーでもないわよ。ゴーレムって忠実な分、融通が利かないし、弱点も結構あったりするから、案外弱っちい部類の……」

くどくどと語り始める彼女を遮るように、巨大な影がヌッと車内を覆った。

「久世三尉っ‼　上っ！」

「うわっ⁉」

市之瀬の声にハッとした久世は、慌ててギアをバックに入れて急発進した。

その反動で、ルーが額を前席にぶつけて「ぶぇっ⁉」と森の妖精とは思えない声を上げる。次の瞬間、ゴーレムの鉄球のような拳が地面にめり込み、地響きと粉塵を巻き上げた。

「ちぃっ！　やっぱり敵なのか⁉」

ギアをドライブに入れた久世は、アクセルを踏み込んだ。

タイヤが甲高く地面を蹴り、ゴーレムの脇をすり抜ける。

この街に足を踏み入れて、リュミ以外のこちらに好意的な人に、まだ出会っていないのではないか。

いや、厳密には自分の後ろに一人いるが、彼女は人間ではないらしいのでノーカンだ。

「うひぃ！　追っかけてきてますよ！　久世三尉‼」

「わぁってるよ、んなこたぁっ！」

久世は必死になって加速するが、地鳴りのような重厚な音が全く遠のいていかないことに気付いて、顔面蒼白になる。

何がなんだか分からないが、どうやらピンチらしい。

あの肩の上に乗っていた人物が誰なのかなんて、今は確かめる余裕すらない。

一つだけ分かるのは、あの人物は、どうやらこちらが生きていると困るらしい。

とにかく逃げ切るしかない。

道幅が狭い路地に入るが、ゴーレムはその肩に触れる建物をぶっ壊して、突進してくる。

一歩当たりのストライドが異様にでかい。路面の悪さと障害物の多さにブレーキをしょっちゅう踏んでいるとはいえ、軽く時速六十キロは出しているこちらに追いつく勢いだ。リュミが言った通り、この区画に人気がないのが不幸中の幸いだった。

「弱っちいんじゃなかったんですか⁉」

破壊神を思わせるゴーレムの動きに、久世は、先ほどルーが口にしたことに疑問を呈した。

「いやーあはは……歳取ると、どうも正確な記憶が出てこなくってねえ」

「僕とそう変わらん歳で、何を言ってんですか！」

「え？　いや、ほら、アタシってエルフだし……」

「エルフだから何なんです⁉」

「あれ？　ホントに知らない？　アタシ、たぶん、お兄さんの五倍以上は生きてるけど？」

「ご、五倍ぃ⁉」

久世と市之瀬が、ほとんど反射的に後部座席を振り返った。

「そんな見つめちゃいやん！」

「うわぁ！　久世三尉！　追いつかれてる追いつかれてるっ‼」

振り返った先には、今にもこちらを踏みつぶしそうな距離にまで迫るゴーレムが見えた。

生き物でないためか、スタミナや息切れは関係ないらしい。

「反則すぎだろ？　おい⁉」

だが、偶然自分達が居合わせたのはもしかしたら幸運だったのではないか、とも久世は考えた。

あのゴーレムの意識は完全にこちらに向いている。とすれば、奴が勝手に暴れ回るよりは周辺被害を誘導することが可能だ。

「リュミさん！　できるだけ大きな道で、かつ人気が少ないルートを教えてくれますか？」

「こ、ここからだと……え？　良いんですか⁉」

激しい車の揺れに、どうやら車酔いをしたらしいリュミが青い顔をしながら応じた。

「何がですか⁉」

「一番広い道で、人気がない道って言ったら……」

「言ったら？」

「聖光母公園……みなさんの宿営地へ辿り着く道です‼」

派手にハンドルを切り、久世はにやっと笑った。

「上出来ですよ！　リュミさん！」

◇

聖光母教会の奥に、大司祭の控える執務室がある。

その部屋は、主である大司祭の側近や、特別な用件があって呼び出される者以外、足を踏み入れることを通常禁じられている。多くの敬虔な神官達は、その規則を愚直に守っていた。部屋に何があるのかを知る者は少ない。

「げっぷ……ふん、あの異世界から来た連中、ようやく我らの聖なる行いに気付いたか」

聖職者が公務を執り行うにしては豪華な調度品が目立つ執務室の中で、教会には相応しくない動物の皮が使われた椅子にふんぞり返った男が呟く。

粗食が原則の教会で、どうしたらそんな太り方をするのかといった腹を揺すり、飲酒禁止の場であるにもかかわらず高級な葡萄酒を飲んでいた。

「奴らもこの国の事情というものが分かってきたようだの。教会の威光は絶対。自分達の施しであったなどと、今更、愚民どもにほざいたところで無駄よ」

ぐふふふ、と大司祭の法衣を着ていなければ、誰もが侮蔑の感情を抱くような下品な声で笑ったこの男こそ、ここマリースア教区の聖光母教会の最高司祭、ゲルオドだった。

「だが食糧の供給が止まれば、また不満を並べ立てる連中も出てくるやもしれんな……」

ゲルオドは常日頃から、自身の評価に傷が付かないよう細心の注意を払っていた。その姑息さゆえに、この地位にまで上れたのだ。

あの帝国軍の急襲の際には、教会の門を閉めて自身の安全のみを確保し、民衆を見捨てた。そして戦いが終息した今は、その汚点をかき消すためのプロパガンダに余念がない。

「レフィティス」

ゲルオドは、ソファに座っている側近の中の一人を呼んだ。

「は……」

まだ少年と言っていい年齢の男が、ゲルオドの前に進み出た。

「貴様の出番かもしれん。内地軍も到着した今、これといった脅威はないと商人達もじきに分かる。とすれば、深刻な食糧不足は近いうちに解消される。それまで、民衆を説得しなくてはならん」

ゲルオドはそう言って気味の悪い笑みを浮かべ、目の前の男に視線を向けた。

セイロード聖光母教会神官戦士団副団長、レフィティス。

蒼い長髪に、驚くほど白い肌。そして、華奢でしなやかな肢体。見る者に、男性であることを忘れさせてしまうほどの美少年である。

レフィティスの美貌は、この都の女達に絶大な人気を誇っている。彼をモチーフにした演劇は劇場で途切れることなく演じられ、また彼が神の教えを説く際には、普段あまり教会に足を運ばない娘達でさえ熱心な信者となって押しかける。

聖職者である彼には、表向き色恋の噂は存在しないことになっているが、警備の名目で夜会に出向き、そこでうら若き乙女達と頻繁に浮き名を流していたりする。

しかも、武の才能は神官戦士団の中でもトップクラスであり、同時に神聖魔法にも長けている。神官戦士の屈強さを競う大会でも毎年優勝しており、彼は魔法戦士としても名高いのだ。

人々にとって、レフィティスは神秘的でさえあるほど魅力的な存在だった。

ゲルオドは自分に一切のカリスマがないことを自覚していた。同時に、レフィティスにはそれがあることを理解していた。自分にないものを他者で代用するのが上手い者ほど、出世する。

「まずはそうだな……レフィティスよ。商工ギルドで貴様をいたく気に入っておったご婦人らが何人か都へ帰ってきたら、屋敷を訪問してくるのだ」

「御意」

レフィティスは、身体のラインを損なわないようにあえて軽装の鎧を着ていた。白と紺を基調にした神官戦士姿の彼は、一見すると、聖少女のようでもある。

そんな彼が、俗物であるゲルオドの子飼いの部下だと知る者は少ない。彼は、他の者では到底できない取り入り方で、ゲルオドの信頼と依存を勝ち取っていた。

もしも、順調にゲルオドが教会内で出世していったのなら、真っ先に取り立てられるのはレフィティスに他ならなかった。

「むっ⁉」

昼間だというのにカーテンを閉め切った薄暗い室内に、地響きが伝わる。

それは断続的な破壊音に違いなかった。

「何事だ⁉」

「まさか、また帝国軍が⁉」

側近達が慌ててソファから立ち上がる。

「な、何だ⁉　何が起きているのだ⁉」

ゲルオドは酒の入ったグラスを床に落とし、おろおろとあたりを見渡して狼狽する。

この男は、己の身を自ら守ることすらできない無力な男なのだ。

「……まだ遠い。それにこれは？」

レフィティスはその切れ長の目を細める。

「大司祭様、私が行きましょう」

「お、お前がか?」

「はい。私がこの騒ぎ、収めて参りましょう。さすれば、それを見た信徒達の我らへの敬意、さらに高まりましょう」

レフィティスは薄く桃色に染まった唇を開いてそう言うと、ゲルオドに一礼して、執務室を後にした。そして、誰もいない廊下で口の端を歪めて笑う。

「――家畜と牧草地を守るのは、手間がかかるものだ」

◇

ハンドルを思い切り回し、車を急回頭させて停めると、久世は叫んだ。

「市之瀬ぇ!　弾ぁ入れたら牽制射撃しろっ!」

「りょ、了解!」

市之瀬は89式小銃に三十発装填の弾倉を叩き込み、初弾を薬室へ送り込む。

「安全装置よし、弾込めよし!」

こちらを見失い、ヴーンヴーンとあたりを見渡しているゴーレムの背中が前方に見えた。

久世は、ゴーレムが破壊できないほど頑丈（がんじょう）な建物の間にある細い道を抜け、ゴーレムの側面に出た。

「うりゃあああああ！」

市之瀬は、安全装置を解除し、発射モードを連射に切り替える。そして、ドアを開けると、思い切り引き金を引き絞（しぼ）った。

銃口からオレンジ色の発射炎（マズル・フラッシュ）が派手に噴き出した。〝撃（う）ち殻薬莢（がらやっきょう）〟が車内に飛び散り、金属音を跳（は）ね回らせる。

的（まと）がデカイ。多少銃身が跳（は）ね上がろうと気にすることはない。ばらまかれた5・56㎜高速ライフル弾は、ゴーレムの石の背中に吸い込まれていく――が、甲高（かんだか）い音を立て、着弾したライフル弾が跳（は）ね返されてしまった。

『ヴン⁉』

ゴーレムは背中を削（けず）られる感覚に違和感を抱いたのか、ゆっくりと背後を振り返る。

「あっちちちっ⁉　な、なになに⁉」

焼けた薬莢（やっきょう）の一つがルーの胸の谷間に運悪く飛び込み、彼女は悲鳴を上げて胸元をまさぐった。

「あにすんのよぉっ⁉」

ゲシッ！

ルーが後部座席から、空弾倉を外していた市之瀬の後頭部に、その美脚をぶち込む。

「ぶへっ」

後頭部を強打された市之瀬が、ダッシュボードに額を激突させた。

「あうぅ……な、何だか気持ち悪いですぅ……」

車酔いしたリュミが、今にも胃の内容物をリバースしそうな青い顔で呟く。

「陣地転換っ！」

阿鼻叫喚の車内に構うことなく、久世は再び車を発進させた。

ゴーレムは、目標を再発見した喜びと怒りを同時に滾らせて、追いかけてくる。

「こちら偵察一号車！　本部、送れ！」

久世は、車載無線機の通話機を手に取った。片手で必死にハンドルと格闘しながら交信を試みる。

『久世三尉、報告は聞いたわ。あとどれくらい時間を稼げそう？』

久世は上官の声に安堵を覚えた。だが、心の底からそうするのはまだ早い。

「板井一尉ですか⁉　はっきりとは言えません。が、奴も多少は学習能力があるようです。何度も同じ手は食いません。ただの車輌で奴の相手は自殺行為です！」

『泣き言じゃなくて、あとどれくらい時間を稼げるの、って聞いてるの』

「……あと十分、いや、十五分！」

言い切った瞬間、隣にゴーレムのパンチが降ってきた。

地響き。

土煙。

衝撃。

車輛が傾く。

『分かったわ。二十分後、公園の正門から奴を招き入れなさい。なお、絶対に一般市民に被害を出さないように。了解か？』

「よっ！　はっ！　りょ、了解！」

『よろしい。……信じてるわ、久世三尉』

延びた五分は死力を尽くせってことか！

久世は額から汗を流してハンドルを回した。

自分は命令を受けた。何の作戦のためか、その説明はなかったが十分だ。この切迫した状況下では、最終的に自分が何をすればいいか、それが分かれば上々。

だが、二十分間、逃げ回るとなると、人気が多い場所も突っ切らなければならないだろう。

「リュミさん、ここから近い大通りにナビゲート願います！」

「な、なびげーと？」

「道案内ってことですよ！」

青い顔をしたリュミに申し訳なさを感じつつも、これで過去のわだかまりはお互い様になるはずだと久世は思った。

「ここからだと中央広場に繋がる道くらいです！　人目につきますよ⁉」

「人的被害さえなければ、人目につくくらいしょうがないです！」

「じゃ、じゃあそこの角を右！」

「了解っ！」

けたたましいドリフト音を立てたパジェロが、大通りに躍り出た。

その背後から建物を破壊しながらゴーレムが飛び出してくる。

街の中はあの戦争以来の混乱を見せ始めていた。

「な、何だぁ⁉　デカイ石像が暴れてやがるぞ‼」

「て、帝国軍の奇襲なの⁉」

「な、内地軍と教会は何をしているんだ⁉」

民衆は逃げ惑う。ゴーレムの姿を見るなり我先にと逃げていく。幸い、パジェロの進路が妨害されることはない。人々は開けた場所に逃げると外敵に見つかりやすいことを、肌で知っているのだ。

大通りを、土埃を上げて自衛隊仕様のパジェロが疾走し、一陣の風を残しつつゴーレムを引き連れていく。その様子を、街の人々が呆然と見送った。

「い、今、走り抜けていったのは何だ？」

ゴーレムの背中を見送り、街の人々のざわめきが広がる。

街をぶらついていた魔法学校の学生の一団が、猛スピードで過ぎ去った乗り物を振り返る。

「中央広場で騒ぎを起こした連中が乗っていた乗り物よ、あれって！」

「そうだ。あの女の子をならず者から守った連中のだ」

「今度はゴーレムを自分に引きつけているみたいだぞ」

彼らの会話に、街の人達は思わず首を突っ込む。

「おい学生さんよ、そりゃどういうこった？　詳しく聞かせろよ」

「中央広場のことなら近所のミランダおばさまからさっき聞いたわ。流れの勇者様が助けたんじゃないの？」

学生達は慌ててそれを否定した。彼らのような若者ほど、新しいモノに対して抵抗が少ない。饒舌に実際にあったことを説明する。

「全然違うよ！　緑色だか茶色だかの変な服を着た奴が――」

◇

レフィティスは自身の部下を率いると、騒ぎの元凶となっている街の一角へと先回りした。内地軍とも密（みつ）に連絡を取り合い、共同して対処に当たる手筈（てはず）である。内地軍の指揮官（しきかん）はレフィティスの武勲（ぶくん）と評判を知っており、指揮（しき）の混乱は皆無（かいむ）に近い。この手際（てぎわ）の良さだけでも、レフィティスの有能さは証明されていた。

あの戦争で民衆を見捨てたおかげで温存された精鋭の神官戦士団と、内地軍を従えて、ハルバードを手にし、純白の陸鳥（おかどり）に跨（またが）る彼の姿は、さながら軍神（ぐんしん）、あるいは戦乙女（いくさおとめ）のような輝きを放っていた。

「大型弩砲（バリスタ）の布陣、完了いたしました」

「ご苦労」

レフィティスは内地軍の兵卒に向かって鷹揚（おうよう）に頷（うなず）いた。

大通りの見通しの良い場所を選び、レフィティスは巨大な矢を打ち込む攻城戦用の重兵器――バリスタを展開した。街で暴れ回っているゴーレムの情報は、既に斥候（せっこう）から入手している。ゴーレムに対する正攻法は、投石器（カタパルト）とバリスタによる波状攻撃だ。内地軍があの異世界の連中を警戒して大量の兵器を街へ搬入（はんにゅう）していたため、布陣に手間はかからなかった。

「私の合図で一斉に射かけよ」

レフィティスはハルバードを片手に兵士達に命じた。

周囲では、民衆が期待に満ちた表情で、その様子を見つめている。

「レフィティス様が来てくださったのね！」

天使のような姿の神官戦士に、街の人々は崇拝に近い信頼を寄せていた。

「もう大丈夫だ」

彼は、手を振って微笑を振りまく。

（せいぜい教会での僕の株を上げてくれたまえ、愚民どもが）

レフィティスは内心民衆を蔑んでいた。

タダで守ってもらいながら、それを神のご加護だとありがたがっている。彼は、これが自身の功名にならなければ、髪の毛一本でも連中のために捧げるつもりはなかった。

（史実に残っている勇者英雄とて、実際は姫君との結婚、つまり王族になるという確実な報酬があるから命を懸けたに過ぎん。命を懸けて他者を守るのは、それが利益になるからだ。だからこそ、武人は支配者となり得る）

――ならば守ってやろうじゃないか。それが自分の利益になるのなら。

レフィティスはそのために血反吐を吐いて今まで生きてきた。戦いとは、武とは、すなわち権力だ。権力には利権が付いてくる。

国家の権力とはまず武力であり、軍隊だ。民衆はその権力に守ってもらう代わりに、服従の意を示す。

レフィティスは、武力の象徴のように布陣するバリスタを見下ろした。

頼もしいじゃないか。帝国軍が襲来したときは、いつ寝返るか考えていた。しかし、思いとどまって正解だった。教会も、この国も、しばらくは大丈夫なはずだ。

ゴーレムが現れたのは好機だった。

ここで自分が事を収めれば、教会の信頼が回復するのは間違いない。愚民は自分に都合の良い事実しか受け入れない。教会に見捨てられたという信じがたい過去よりも、教会に救ってもらったのだという新しい事実にすがるはず。

（全く、愚かにもほどがある……）

そう彼が考えていると、側近の神官戦士が何かに気付いた。

「レフィティス様、何かおかしな音が近づいて来ます」

「ん……？」

部下の言葉に、レフィティスも耳を澄ます。

――と、その瞬間だった。

ブロオオオオン！

目の前に、凄まじい速度で異形の物体が現れた。

「な、何だ、あれは⁉」

レフィティスの叫びに、内地軍の将校が慌てて答える。

「聖光母公園に居座る邪教徒どもの乗り物にございます！」

「公園にいる……？　異世界からの軍勢か‼」

レフィティスは目を見張る。

その異世界の乗り物は、キキィー、と甲高い音を立ててバリスタを布陣した陣地の前で停止した。

◇

「うわ！　封鎖されてる⁉」

目の前に現れた物々しい陣地に、市之瀬が叫んだ。

一瞬、久世と市之瀬は、その陣地が自分達を足止めするためのものではないかと思い、顔を見合わせた。だが、配備された巨大な弓の怪物のような兵器を見て、それが対ゴーレム用のものだと理解した。

「こ、これはレフィティス様が率いる神官戦士団ですわ‼　それに、内地軍も……」

リュミが驚いた様子で目の前に布陣する軍団を見る。

久世は彼女の言葉に別の意味で驚いた。

（……動きが速い。あいつらの指揮官、かなりできる）

一番最初から動いている自分達でさえ時間稼ぎに必死だというのに、彼らはこの短時間に迎撃の準備を終えている。

「市之瀬、あと何分だ？」

「あと八分と四十三秒っす！」

「クソッ！」

久世はシートベルトを外してドアを開け、身構えている神官戦士と内地軍の兵士達の方へと駆け出した。

「何者だ！　貴様ぁ⁉」

警戒心を露わにした内地軍の兵士が、槍の穂先を久世に向けた。

「緊急事態につき、貴部隊の指揮官と話がしたい！」

久世は毅然とした態度で叫ぶ。

異世界とはいえ、相手も同じ軍事組織に身を置く者らしく、その声に何かを感じ、兵士達は一瞬言葉に詰まる。久世の、将校のような言葉遣いのためだった。大半の兵士が高等教育を受けていないこの世界にあって、その理知的な言葉は日本のそれと比べても重みがあった。

「な、何だと？　怪しい奴め！　あの奇妙な乗り物は何だ⁉」

「この騒ぎも貴様が仕組んだものなのだろう‼」

内地軍は、久世の奇妙な服装に反発するかのごとく口々に叫ぶ。

（やはりダメか……）

車に引き返す選択肢が、久世の頭に浮かんだが――

「やめよ」

涼やかな少女のような声が耳をくすぐった。

「レフィティス様⁉」

兵士達が驚愕の表情で、陸鳥に乗ったその声の主を仰ぎ見た。

それは、久世も同様だった。

（な、なんとまあ、嘘みたいな美少年だな）

久世は目を丸くする。

軍の指揮官というより、その少年はアイドル、いやそんな陳腐なものではなく、王子様だとか天使だとか、そういった神々しい存在のようにさえ感じる。

だが久世は、何か違和感のようなものが胸の内に湧き上がったことにも気付く。目の前に立つ少年の美しさの中に、無意識に怪しさを嗅ぎ取ったからだろうか。

「私が指揮官です。名はレフィティス。マリースア光母教神官戦士団副団長。貴公の名は？」

今まで会った中で、唯一と言っていいまともな言葉に、久世は安堵する。

だが、今まで会った中で、最もこの少年のことを警戒した。

「日本国陸上自衛隊、国連平和維持軍派遣部隊所属、久世啓幸三等陸尉であります」

久世は、自衛隊式の挙手の敬礼をもって相対した。

騎乗にあるレフィティスは、手のひらを額の前で水平にかざすという奇妙な動作をする久世を見下ろす。

久世の動作を見た周囲の兵士達の間から、嗤い声が上がる。

だが、レフィティスは久世をおかしいとは思わなかった。

（間違いない。異世界の軍勢はゴロツキでも蛮族でもない。れっきとした正規軍だ。それにこの男、将校だな）

レフィティスは、人間のまとう臭いを嗅ぐ力に長けている。人間に対する直感的な観察眼を持っているのだ。その者が持つ社会的な地位に関して、異様なまでの理解力がある。久世の奇妙な服装を気にかけず、その振る舞いと言動から、そこまで見抜いた。

（だとすれば、ゲルオドのクズオヤジはまずいことをした。頭の良い獣を罠にかけるのは、腕の良い猟師ほど恐れるというのに）

レフィティスは、今自分がどのようなスタンスに立つべきか、思案する。

このまま、クゼと名乗る異世界からやってきた軍人の話を聞かずに済ますか？

部下と内地軍はそれで納得するだろう。

だが、レフィティスは帝国軍を破ったという軍隊の、それも将校を敵に回すような真似をしたくなかった。ゲルオドと違い、彼は彼我の戦力差を客観視する。あの戦乱の中、教会の門を閉じて民衆を見捨てる命令を下したのは、他でもない彼だった。だが、あれはそうしなければ自身の命が危うくなるほど、帝国軍が強かったからだ。その帝国軍を、彼らは壊滅させた。

（さて……では、こうするとしよう）

「あなたは公園に居座る異国の方ですね。帝国軍襲撃の際には、我らマリースアに味方してくれたと、そのような噂がありますが？」

その場で、兵士達と、物見高いマリースア市民達がざわつき始める。

それまで、教会の高官が彼らを肯定するような発言をしたことはなかったのだ。

（さあ、どうだ？　少なくとも、お前達のことを、教会がある程度は認めているというアピールをしてやったぞ）

レフィティスは、ゲルオドとは違った方向で彼らを扱うことにした。恩を売り、決して自分が敵対していないと発信する。万が一、教会が彼らの不興を買って武器を向けられたとしても、事を収める道が少なくとも自分には作られた。

目の前の男は、それを見抜けないような無能ではないはず。レフィティスは内心、ほくそ笑んだ。だが――

「味方はしておりません。あれはあくまで帝国軍の脅威からこの国の市民を守るために行った、我々の独断であります」

久世は自衛官としての立場を崩さなかった。

自衛隊は誰の味方もしていない。味方をしたのではなく、あくまで一般市民を救護するための武力行使であり、マリースア政府や、教会に恩を売るためにやったことではない。

レフィティスは、久世の回答に言葉を失った。

（こいつ、義の心からこの国を救ったと言うのか⁉）

レフィティスは、久世の予想外の答えに焦った。

そんなことをして何になる？　見ず知らずの国の人間を救い、そして教会に利用されて窮地に立たされていながら、差し伸べたこの手を払ってでも義の精神を捨てようとしない。

建前上、そう答えなければならない自衛隊の堅苦しい事情を、彼が推し量ることなどできるはずもなかった。

（なるほど、真の英雄を目指そうとでも言うのだな……？）

レフィティスは、そう納得するしかなかった。

（〝正義〟なんて反吐が出るが……良いだろう、乗ってやる）

「……これは驚きました」

「え？」

久世は一瞬、美少年の、ほんの微(かす)かだが、恐ろしいまでに歪(ゆが)んだ笑みを見たような気がした。

「傭兵(ようへい)のように報酬(ほうしゅう)目的でもなく、また功名が目的でもないと仰(おっしゃ)るとは」

「れ、レフィティス様、そ、それではこやつらは……」

「そう、まさに英雄だ」

まるで演技をする舞台上の役者のように、レフィティスは大仰(おおぎょう)な身振りで久世を讃(たた)える。

兵士と市民は、レフィティスの言葉にどよめき、久世のことを凝視(ぎょうし)した。

それまで、傭兵(ようへい)か邪教徒かと噂(うわさ)していた謎の連中の正体が……

「異世界から召喚されし、英雄達。おお、まさに召喚されし軍勢(ルーントルーパーズ)だ」

レフィティスは切れ長の目を妖(あや)しげに光らせて、そう口にした。

神話に登場する、異界からの軍勢の名を――

「ルーン……トルーパーズ……!?」

「き、聞いたか？　異世界から来たんだと！」

「う、嘘でしょ？　あ、でもあの変な服とか乗り物とか、異世界のものって言われりゃ納得できなくもないな……」

その場が騒然とする。

久世は、ぐっと言葉を呑み込んだ。

この少年が、何故ここまで自分達のことを持ち上げるのかが分からない。

戦場で分かり合ったリュミやラロナ、カルダのような、心からの共感や純粋な好意からでないのは確かだ。

久世は、迂闊な言動は避けるように心する。

（……こいつ、危険だ）

「それで、真の英雄たらんクゼ殿が、我らに何用かな？」

レフィティスが、どこか見下すような、試すような目でこちらを見ている。

久世は、桜のマークが刺繍された作業帽の庇の奥から美少年を見据えた。

迷彩服姿の久世と、神々しいまでのレフィティスが相対している光景は、まるで神の冗談のようだった。

本来、決して出会うことのない世界の者同士。

陸上自衛官と、神官戦士。

「ゴーレムが間もなくここを突破しようとします。ここにいては危険です。陣地を払ってください」

久世は冷静に説明した。

「……ほう、ここまで迎え討つ用意をした我らに、尻尾を巻いて逃げよ、と？」

「いいえ、違います。我が方でも迎撃準備をしています。ですが、一般市民の避難誘導までは手が回りません。レフィティス部隊長にはそれをお願いしたい。このように、市民が周囲にいる状況での戦闘は危険です」

「無用だ」

レフィティスは断言した。

一般市民のため、という言葉が純粋に気に入らなかった。

しかも、そいつらを助けるために、前線に立つ栄誉を捨てろと言うのも気に入らない。

愚民が称賛するのは、地味な避難誘導をした者ではなく、華々しく戦って首級を挙げた者なのだ。

「ここは我らが都、我らが戦うのが道理」

「それは重々承知しています！　ですがあの巨人を相手にこんな武器では……」

久世がそう言葉を継いだときだった。

「来たぞぉ！」

兵士達が叫んだ。

久世が背後を振り返ると、引き離していたゴーレムがこちらへ肉薄していた。

「ダメだったか！」

久世は踵を返して車へと駆け戻った。

――こうなったら、押し通るしかない。

「おいおい、あいつの方が尻尾(しっぽ)を巻いて逃げたぜ！」

「何が英雄だ！　腰抜けめ！」

レフィティスはそんな部下の言葉に対し、聞こえない声で「無能が」と呟(つぶや)く。

そして、戦闘の準備を命じた。

「バリスタに矢を装填(そうてん)せよ」

数人がかりで、巨大な弓に矢をつぎ、弦(げん)を捩(ねじ)り巻いていく。

「魔法戦士、矢に貫通の呪文を」

石造りの怪物を倒すのに矢の力だけでは心許(こころもと)ない。

魔術師を動員し、矢尻(やじり)に貫通力を高める付加魔法を施した。

レフィティスは万全の対策を取った上で、命じる。

「放てっ！」

据(す)え付けられた四台のバリスタが、一斉に巨大な矢を投射した。

貫通の付加魔法によって、いかに石造りであろうと、直撃すれば致命傷(ちめいしょう)は避けられない。

だが――

『ヴン！』

ゴーレムは向かってきた矢を敵性攻撃と判断し、脅威度(きょういど)を計算。排除目標を久世達のパジェロからバリスタへと変更した。

そして、矢に対して回避ではなく、攻撃を行う。

ゴーレムは、矢に対して拳を見舞った――

「矢尻を砕いた!?」

レフィティスは目を見張る。

ゴーレムは、矢尻よりも強固な付加魔法を、その拳にかけられていたのだ。

(しまった!! あのゴーレム、今では希少なエンシェントゴーレムか!?)

古代文明の遺跡でしか見つからず、現在の技術では再現が不可能な高性能のゴーレムである。防御力、攻撃力、判断力、そして魔法耐性に優れた怪物だ。

そんなものを相手に、攻城戦用のバリスタなど、何の意味もなさない。

「う、うわあ!? こっちに来るぞ!」

一斉射撃を全て防がれたことで、兵士達が浮き足立った。

「つ、次の矢をつがえるのだ!」

レフィティスは必死になって命じるが、次の斉射が間に合わないのは、誰の目にも明らかだった。

「助けてくれぇ!」

ゴーレムは、バリスタを蹴散らし、叩き潰し、蹂躙する。

一般市民のみならず兵士達まで逃げ惑い、その場は一気にパニック状態に陥った。

ゴーレムが最後のバリスタを持ち上げて、レフィティスに向かって投げつける。

「うっ⁉」

レフィティスは咄嗟に手綱を引いて避けた。だが、バリスタが間近に叩きつけられた衝撃で、鳥の背中からふるい落とされてしまった。

「お、おのれぇ……！」

レフィティスは、地獄の底から湧いてくるような怨念を込めて、ゴーレムを睨む。

「れ、レフィティス様が落鳥されたぞ‼」

「いやぁー！　神様ぁー！」

総大将が不様な姿をさらすのは、この世界の戦いにおいて部隊の無力化を意味する。蜘蛛の子を散らすように、兵士も市民も逃げていく。

ゴーレムの狼藉を止められる者など、この都にはいないかのように思われた。

――と、そのとき。

何かが弾けるような乾いた音が響き渡った。

「目標を誘導する！　牽制射撃！」

車から銃を構え、暴れ回るゴーレムに向かって、久世と市之瀬が発砲した。

『ヴン！』

ゴーレムは自分が攻撃を受けたことと、優先攻撃目標である物体を確認したことにより、意識を久世達に向けた。

「よおし！　食いついた！」

久世は銃を引っ込めて、アクセルを踏み込む。そして、目の前で逃げ惑う内地軍の兵士達を、クラクションを鳴らして退かすと、レフィティスの横に車をつけた。

「一般市民の避難誘導を頼みます！」

「だ、だが……あいつを相手に何ができると……」

「奴は、人口密集地から遠ざけた上で排除します！　今は市民の安全を確保するのが最優先ですので！」

久世の叫びを聞いて、周囲の市民達は彼に注目した。

この惨劇の中にあって、力なき者のために戦おうとする者が、目立たないわけがない。

「後は頼みました！　奴は自分が引きつけます！」

さらにアクセルを踏み込み、久世は公園に向かう道を疾走する。

バックミラーにレフィティスが映る。地面にへたり込んだ姿がたちまち小さくなっていく。

「大した英雄っぷりじゃない！　アタシ、ドキドキしちゃったわ！」

後部座席のルーが身を乗り出し、久世の顔の横で叫んだ。

彼女の熱い息に久世は一瞬息を呑む。しかし、ルーの美しい顔の後ろに迫ってくるゴーレムを見て、今はそれどころではないと思い直した。

「こんなときに冗談言ってる場合ですか⁉」

ルーの言葉を久世は流す。

だが、ルーはそんな久世のことを、信じられないものが目の前に存在するかのように見つめた。

「ね、ねえリュミちゃん、カレ、本気でそう思ってるの？」

久世ほどの献身と勇気を示す軍人など、そういるものではない。だが、その自覚が彼には全く見られないことが、ルーには信じられなかった。

リュミは苦笑し、そして頼もしげに久世と市之瀬を見た。

「はい。それが彼らなんです」

「へえ、『それが彼ら』かぁ……」

そう繰り返すことしか、今の彼女にはできなかった。長く生きてきて、ここまで自身の行いが英雄的だと自覚のない勇者は初めてだった。

「市之瀬！　あと何分だ⁉」

「あと三分、いや二分五十五秒！」

「飛ばすぞ！」

久世はアクセルを強く踏み込んだ。より一層、加速する。エンジンが焼き付いても構わなかった。

「み、見えましたわ！　公園の正門です！」

「あと一分！」

ラストの直線、時速は八十キロを軽く超えようとしていた。

しかし――

「あっ‼」

久世は思わず声を上げた。パジェロがガクンと減速する。

「うわっ！　パンクしたか⁉」

あの混乱の中で、散乱したバリスタの矢尻(やじり)か何かを踏んだらしい。

戦闘を前提としていなかったため、威圧感(いあつかん)を与える車輌(しゃりょう)は使えなかったが、今は装甲車輌(しゃりょう)ではなかったことが災いとなった。少し無理を言ってでも軽装甲機動車(LAV)にしておけばよかった。あれはタイヤがコンバットタイヤなので、たとえ銃弾を受けたとしてもしばらくは走行できた。だが、もう完全に後の祭りだった。

「あと三十秒！」

市之瀬が悲鳴のように叫(さけ)ぶ。

「畜生(ちくしょう)！　あと少しだ、届いてくれっ……！」

久世はアクセルを全開にするが、もうハンドルが利かなくなっている。

速度は落ち続け、やがて正門の直前で事故を起こしたように横向きにスリップして、停まった。

もうこれまでだと観念した久世は、叫んだ。

「全員下車！」

「りょ、了っ！」

「は、はいぃ！」

「えー、走るのー？」

四人は車を捨てると、一目散に公園の中へと走り出した。

ゴーレムが車に辿り着く。

『ヴヴーン！』

車を両手で軽々と持ち上げたゴーレムは、まるで気に入らないおもちゃを子供が壊すようにそれを地面へと叩きつけた。

嘘のようにひしゃげ、タイヤがバラバラともげるパジェロ。

「国民の血税なんだぞ、それぇ‼」

久世は泣きたい気持ちをこらえて走る。

『公用車大破』

一体、自分は何枚始末書を書かなければいけないのだろうか。こんな極限下にあっても、やはりまだ、そんなことに考えがいってしまった。

「く、久世三尉、これからどうすれば⁉」

「板井一尉が何か作戦を立ててるはずで——って、うわ！　こっち来た‼」

後ろを振り返ると、ゴーレムは次の獲物を自分達に定めたようだった。

「ヤバイじゃないっすか！　マジで⁉」

「言われんでも分かっちょるわ、そんなもん！　あそこだ！　あの森に向かって走れ！」

四人は少しでもゴーレムの動きを制限しようと、公園内の森に向かって走る。だが、車を失った今、あっという間に距離を縮められてしまった。

「きゃあっ⁉」

焦（あせ）ったリュミが転倒する。

「リュミさん！」

久世は彼女を引き起こす。

目の前にはゴーレムが迫ってくる。

「くっそ！」

久世は無駄と知りつつも、腰から拳銃を引き抜いてゴーレムに向けた。

そのとき——

『ヴン？』

ゴーレムの動きが止まった。

「え？」

四人全員が、互いの顔を見合わせる。

「な、何？　地面が震えてる……？」

ルーが足下に視線を落とす。

地響きは、次第に大きくなる。こちらに近づいてくるようだ。

（……これは？）

久世はその揺れに心当たりがあった。

（……これは……あれだ）

東富士（ひがしふじ）演習場で経験した――

「全員、伏せろっ！」

久世の叫（さけ）びに尋常（じんじょう）ではないものを感じ取った三人は、急いで地面に突っ伏した。

次の瞬間、地響きが収まり、間髪（かんはつ）を容（い）れずに、ゴーレムの片腕が吹き飛んだ。

石の破片が雨のように四人へ降り注ぐ。

「いたたた!?」

ルーが慌（あわ）てて両手で頭を押さえる。

ゴーレム自身、魔法防御まで施されていた身体が、どうしていとも簡単に砕け散ったのか理解できていない様子だった。

『ヴヴン⁉』

ゴーレムがあたりを見回す。

「な、何ですか……あれは⁉」

「ご、ゴーレムの次は、何のバケモノよ？」

恐怖を顔に張り付けたリュミとルーが、そこに現れた物体を凝視した。

キュラキュラキュラ……と、キャタピラの軋む音が響き渡る。

公園の中に現れたのは――

「10式戦車⁉　いつの間に揚陸してたんだ⁉」

久世は驚愕で目を見開いた。

そこに現れたのは、重量四十四トンの自衛隊の最新鋭主力戦車、10式戦車だった。

目を凝らすと、その角張った戦車の砲塔の横には、板井一尉が戦車跨乗している。

直接指揮を執るために搭乗しているのだろう。

彼女は無線機で何かを指示すると、砲塔の後ろに回って耳を塞いだ。

10式戦車は、主砲の照準を狙い直すように砲をわずかに動かした。

その動きを、久世は見逃さなかった。即、叫んだ。

「次が来るぞ！」

久世はリュミに覆い被さり、ゴーレムの破片が当たらないように庇う。

新型の自動装填装置を装備する10式戦車は、砲身を一定の位置に戻さなければ自動装填ができない点を改良している。そのため、次の砲撃までの間隔が短い。

「あ、あの、く、クゼ様……」

リュミは、顔を赤くして久世の身体の下から逃れようとするが、久世は必死にそれを遮る。

「舌を噛む！　静かに！」

刹那、凄まじい発射音とオレンジ色の砲炎が放たれた。

10式戦車による120㎜戦車砲の発砲。前主力戦車の90式戦車と同口径ながら、貫徹能力の高い砲と砲弾を使用する10式戦車。撃ち出された対戦車榴弾が、棒立ちしたただのデカイ的に過ぎないゴーレムの中心に叩き込まれた。凄まじい轟音が街中に響き渡る。ゴーレムの胸に文字通り風穴が開いていた。

「嘘でしょ……!?　魔法防御を物理で貫いた!?」

ルーはそのあまりの威力に目を見張った。

ゴーレムはぐらりと体勢を崩すと、芝生の地面に音を立てて仰向けに倒れた。

そして、淡く発光したかと思うと、ボロボロと崩れ落ち、元の石へと戻っていく。

「……やった、のか？」

久世はそっと起き上がり、動かなくなったゴーレムを、いや、ゴーレムだった石の集まりを眺めた。

「そのようね、久世くん」

戦車の砲塔に腰かけた板井香織の声が、耳に入った。

エンジン音を重く響かせてやってきた戦車が恐ろしいのか、リュミが久世の背後に隠れる。

だが久世は、戦車よりもそれに女王のように騎乗する板井の方が怖かった。

「何とか、間に合ったかと思います」

「そうね。まあ、結果オーライだけど」

板井はちらりと正門の方を見る。

「私はともかく、久世君は、ちょっとこれから忙しいんじゃないかしら？」

板井の目線の先には、無惨にも大破したパジェロがある。

久世は顔面蒼白になった。

自衛隊において、もっともやってはならないのが装備品の紛失である。紛失どころか、全損させてしまった久世の責任は半端ではない。

「な、なんとかなりませんかね？　こ、ここ異世界ですし……」

「なんともならない。始末書。明日まで」

久世はきっぱりした死刑宣告にがっくりと項垂れた。

「なんだか知んないけど、こんな惨めな英雄見るのは、初めてだわ」

その燃え尽きっぷりを見て、ルーが呟いた。

◇

打ち棄てられた廃屋――『流星の目』によるものだろうか――の中に、彼女はいた。

室内は暗く、孤独をより一層強く感じさせた。

もう夜だ。

陽動作戦は失敗に終わった。突入は断念するしかない。

彼女は、混乱の中で主の逃げた露店から拝借した、いくらかの果物と穀物を口にして空腹を満たす。火は焚けないから、味は酷い。

「あの異世界からやってきたという軍勢……」

彼女は昼の騒ぎを思い出す。

エンシェントゴーレムがあそこまで早く破壊されるとは思ってもいなかった。

だが、もっと驚いたのが、それがマリースア軍によるものではなかったことだ。正体不明の敵の存在は帝国軍の中でも噂(うわさ)されていた。

島のように巨大な謎の鉄船。空を飛ぶ鉄の虫。意思をもって追いかけてくる光の槍(やり)。

最初は戦場にありがちな見間違いや尾鰭(おひれ)のついたホラ話だと思っていたが、それは誤りだった。

彼女は見た。地響きと共に現れた、巨大な鉄の塊(かたまり)を。

その鉄の塊(かたまり)は、突然轟音(ごうおん)を響かせて火を噴いたかと思うと、まるで伝説の豪槍(ごうそう)で突いたかのようにゴーレムに風穴を開けて倒したのだ。

街では、その光景を見た者が周囲に様子を口々に伝え、異世界からの軍勢のことを語り合っている。

彼らの言葉を、彼女は反芻(はんすう)した。

「ルーン……トルーパーズ……」

無理だ。私にはどうすることもできない。

部族の命が風前の灯火(ともしび)となったように感じられて、彼女は一人、闇の中で震えた。

◇

その夜の『海狼の毛皮亭』は、今までにない賑(にぎ)わいを見せていた。

レティアは昼食時だけの営業のつもりだったが、〝客〟が押しよせたため、予定を変更して夜も店を開けることにしたのだ。

客は店内に入りきらず、店の外にまで集まって、酒を片手に〝ある話〟に聞き入っていた。

「そしてぇ！　迫りくる百人の荒くれた傭兵どもを相手に、たった一人で現れたのがその英雄よぉ！」

店のテーブルを勝手にお立ち台にして、聴衆に自分の見た光景を説明するエルフの美女。

それだけでもインパクトとしては十分だ。

「そんなにいなかったでしょ。せいぜい二十人かそこらで……」

店の売り上げに貢献している手前、邪険に扱えない看板娘のレティアを横目に、気持ちよく高い酒をあおりながらルーは続ける。

「彼の名前はクーゼ・ヒロユゥキ！　異世界では世界最強と呼ばれた伝説の英雄らしいわ！」

「……コウムインとかいう下っ端の役人だって言ってなかったっけ？　あ、はい、麦酒お待ち」

レティアのボヤきは、すっかりできあがったルーには届かない。

それに、レティアにしても、彼らが英雄扱いされることに違和感はなかった。他でもない、命を懸けて自分の友達を救ってくれたのだから。

「でも楽しいと思うわ、レティア」

「ファルアちゃんまで、もう……」

レティアは呆れて友達の隣に腰を下ろした。

客は、酒を飲むよりも、あのエルフの話に熱中している。少しくらいさぼってもいいだろう。

——と、背後に大きな人影が現れた。

「いや、ファルアの言う通り、面白い話だな」

「父さん？」

松葉杖をついた、レティアの父が立っていた。

軍隊生活の長かった父は、元々身体は頑丈だったが、ここまで早く回復するとは予想外だった。

「俺の手当をしてくれたルーントルーパーズとかいう連中に、改めて会ってみたくなった」

レティアも、それには異論を唱えなかった。

「お前も、一緒に来てくれないか？」

「え？」

「俺のようないかつい男が一人で行っても、門前払いされるかもしれん。お前もいて欲しい。ああ、ファルアもどうだ？　あのクゼとかいう男のところに」

　ファルアの表情が、ぱっと明るくなる。

　彼女はレティアの袖をぐいぐいと引っ張り、興奮した面持ちで尋ねた。

「え、良いんですか？　行きます！　レティアちゃんも行こうよ？　私、家の焼きたてのパン、持っていく！」

　すっかりあのクゼという青年のことを気に入ってしまったらしいファルアとは対照的に、レティアは戸惑っていた。

「ちょ、ちょっと……」

　会うとは、あの青年に会って改めて礼を言うということだ。

　今なら分かる。父が助かったのは、神の奇跡ではなく、彼らの尽力のおかげだったと。

　だが、彼女には釈然としない、心の靄のようなものがあった。

「あ、あたし……」

「行ってみたらどうです？」

　そんな彼女の気持ちを見透かしたように、一人の少女がレティアの顔を横から覗き込んだ。

「リュミ司祭？」

　神官衣に身を包んだ、海色の髪をした少女が微笑んでいる。

「きっと、それを神もお望みです」

「で、でも……」

レティアは、リュミの言葉に矛盾を感じた。

「きょ、教会は彼らを異教徒だと……」

リュミが、どこか複雑そうな顔をした。苦悩しているようにも見える。

彼女はレティアの隣に腰を下ろし、そっと口を開く。

「教会にいるのは神に仕える人間です。人間は過ちを犯すものです。たとえ、聖職者であっても……。だから、本当に正しいと思うことをなすのを神は望むと、私は思います」

リュミの言葉には信念がある。

レティアは、美辞麗句に彩られた説法よりも、今のリュミの言葉に重み、いや、何か鬼気迫るものを感じた。

「私は神に仕えています。けれど……」

リュミは自分自身に言い聞かせるように呟いた。

「神の権威に仕えているわけではありません」

彼女は手の指をからめ、祈るような姿勢を取る。ただレティアには、彼女が戦いに赴く前に何かを決意している戦士のようにも見えた。

すると、隣で父の声がした。

「司祭様もこう仰っている。決まりだな」

腕を組んで満足そうにしている父の口元に、珍しく笑みが浮かんでいる。

普段はどちらかと言うと寡黙で無愛想な職人気質の父が、こんな顔を見せたことが、レティアには意外だった。

「そうだ、あのイチノセとかいう小僧にも、良い腕をしていたと言いたい」

レティアはそう言う父を見て、もし自分に兄か弟がいたら、きっとこんな顔をして成長を喜んだのではないかと、ふと思った。

あのイチノセという少年の弓――ではないけれど、大きな音と煙を出しながら遠くを狙う武器――の腕前は確かに凄いものがあった。そんな彼がファルアを救ったことに、父は感謝しているのだろう。

(まあ、いっか……)

躊躇いがないと言えば嘘になる。自分が信じているものが本当は何なのか、答えを知りたいという気持ちもある。

(それでも、きっと……)

レティアは、テーブルの上に立っているエルフの女を眺めた。

自分が見てきたことを面白おかしく脚色して話すたびに、聴衆の爆笑や感嘆の声が聞こえてくる。

戦争の後、苦しみばかりが襲いかかる中、陰鬱な表情をしていた街の人達。
それが、あんなに笑顔を見せている。
自分がずっと望んでいた姿が、目の前にあった。
これはきっと、神様が望んでいらっしゃったことに違いない。
レティアはそう思った。

# 第5章　あるべき姿

街の灯りを見下ろしていると、一陣の風が頬を撫でていった。
王城のテラスに吹く風は、彼女のお気に入りだった。
「今宵は良い風が吹いておる……船乗りには吉兆じゃな」
良い風が吹くのは、海洋民族である彼女にとって、縁起の良いことだった。
だが、夜に吹く良い風にはもう一つの意味も込められている。
それは、不確かな未来……
彼女は背後を振り返った。
そう、不確かなのだ。
異世界から来りし、不確かな風。
隣には、純白の奇妙な服を着た男が、二人いる。
メガネをかけた若い方が苦笑した。
「船乗りには吉兆、か。そうであって欲しいですね」

「くふふ……じゃが、お主達の船は、風がなくとも海を渡れるというではないか？」

「ま、大食らいのガスタービンエンジンの燃料があればの話ですがね」

「がす……なんじゃと？」

「軽口が過ぎるぞ、加藤二佐（にさ）」

初老の男がメガネの男を窘（たしな）めた。

メガネの男は、キッと表情を引き締めると、深々と頭を下げた。

「失礼しました、女王陛下」

初老の男と顔を合わせたのは式典のときだけだが、このメガネの男とは何度か会っている。先の戦いの中でも感じたことだが、なかなか食えない。

喉（のど）の奥でくつくつと笑うと、彼女は鷹揚（おうよう）に頷（うなず）き、高級な鳥の羽で作られた扇子（せんす）で顔を扇（あお）いだ。

「うむ、苦しゅうないぞ。異世界からの客人よ」

彼女は優雅（ゆうが）に加藤と初老の男――蕪木に正対した。

平均的な日本人男性である加藤の胸あたりまでしかない身長の、幼い娘だった。

「妾（わらわ）はハミエーア。マリースア南海連合王国第十六代女王である。前にお会いした式典では人目があったのでな。ここで改めて場を設けさせてもろうた」

南国風の露出の多いドレスを身に纏（まと）い、健康的な小麦色の肌に、輝くような金髪を腰まで流している。緋色の瞳が、蕪木と加藤を捉えて放さなかった。

◇

日没後、作業艇でひっそりとセイロード港の桟橋に着いた蕪木と加藤は、カルダによって王城へと案内され、女王との会談に臨んでいた。

(それにしても……)

蕪木はいけないと知りつつも、疑問の表情を隠すことができなかった。

戦勝式典で彼女を初めて見たとき、質の悪い冗談だと思った。

日本で言うなら総理大臣、アメリカで言うなら大統領。そんな存在が、こんな年端もいかない少女であるはずがない。

だが、それは自分達の世界での常識だ。

「加藤、俺は未だに信じられんのだ……」

ポツリとそう呟いた上官へ、加藤はそっと耳打ちをした。

「この国はいわゆる王国です。王族が世襲によって統治してきた国なんでしょう」

つまり、先王が早くに亡くなった場合、こんな幼い少女でも王になる可能性があるということだ。日本の過去の歴史でも、若くして国を背負った者は珍しくない。

「くふふ。妾のような小娘が国の王を名乗るのはまるで冗談のようじゃ、といった顔じゃのう？」

ハミエーアは、蕪木の心中を読み取り笑った。

普段冷静な蕪木も、驚きを隠せずに彼女を見つめる。

大の大人を相手に、全く怯まず対等に渡り合う少女。それがハミエーアだった。老獪な口調と身に纏うオーラは、彼女がお飾りの権力者ではないことを裏付けている。蕪木は、彼女に対する認識を改めた。自分の娘よりも幼い少女に対し、海上自衛官として、諸外国のトップに対するものと同じ態度で臨む。

「失礼をお許しください、ハミエーア陛下」

蕪木は深々と頭を下げた。

彼女は、扇子で口元を隠し、値踏みするような視線を送る。

「ふむ……カブラギ将軍よ」

「はい」

「部下からある程度の報告は受けておるが、確認を取りたい。少々、話を整理させてくれぬか？」

「どうぞ心ゆくまで。我々もそのために今日は参りました」

ハミエーアは、意味深な笑みをたたえながら頷いた。

「カブラギ将軍の率いる艦隊は、正体不明の少女の魔法によって召喚され、我が国に辿り着いた。そして、戦乱に巻き込まれ、帝国軍を破った。これに相違はないかの？」

「ございません」

「妾が最も疑問じゃったのは、この国を救った理由じゃ……何でも、それが〝使命〟だったからと聞いておるが？」

「我々自衛隊は、国連軍として国や民族を問わず無力な一般市民を守る役目を負っています。そのため、帝国軍の非人道的な侵略行為から、貴国の民間人を守るために戦いました」

ハミエーアはしばし思案顔になり、そしてパタンと扇子を閉じて言った。

「つまり、国家や王族を救う目的は、一切なかったと？」

「そういうことになります。ですので極論すれば、我々はマリースア国の味方ではありません。もちろん、敵でもありません」

「すなわち……国家の味方ではなく民草の味方である、とな？」

それ以外に武力行使の根拠がなかったという、日本の事情は口にしないことにする。どの道、理解はされないことだからだ。

「その通りであります」

夜の王城に、水を打ったような静寂が舞い降りた。

国家元首に向かって、味方ではないと断言することが、言動としてどれだけ危険なのかは分からなかった。最悪、危険因子として今にも殺されかねない。燕木は、自分の三分の一も生きていないであろう少女を前にして、手に汗を握った。

「ふふふ……」

俯いたハミエーアは、しばし肩を震わせていた。

燕木は加藤と顔を見合わせていると――

「くはははは！　なんと、英雄や義賊の類でもそこまでハッキリとは申さんのう！　前の式典の場では人目があったゆえ、美辞麗句しか言えなんだろうが、この場においても、そう断言するとはの！」

満天の星に向かって彼女は高笑いを上げた。

「そうかそうか、民を救うために武器を振るったとな！」

くっくと笑いを堪えると、彼女は再び俯いた。

「ハミエーア陛下？」

燕木は彼女の真意が分からず、思わず声をかける。

すると、ハミエーアは周囲に人がいないことを確認するように見渡した後、地面に片膝を突いた。

「へ、陛下⁉」

「いきなりどうしたのですか⁉」

自衛官二人は慌(あわ)てた。

「良いのじゃ！　頭を、下げさせて欲しい」

「陛下……」

蕪木はそのとき、彼女の膝上に、水滴が落ちたことに気付いた。

「ありがとう……我が民を救ってくれて……彼らを守れなかった王として……妾にはこんなことしかできぬ」

その水滴が彼女の涙だと気付くのに、そう時間はかからなかった。

「我が民は今も生きておる……あの街の灯を見よ……この国は終わらなかった……それが妾には嬉しい……」

蕪木は言葉を失った。

目の前にいるのは、国家元首に他ならなかった。

それは、単なる地位としての意味ではない。

この幼き少女は、本当にこの国を背負っている。

か弱き双肩(そうけん)に、数えきれないほど多くの命を負っている。

蕪木の背筋(せすじ)に、例えようのない感覚が走った。

（何だ？　こんな少女が国を背負っていることを、気の毒に思ったのか？）

いや、違う。そうではない。

蕪木は、その感覚の意味を自身に問いただした。

そして、気付いた。

自分の国で、日本という国で、彼女の立場にある連中は、果たして彼女ほど高潔であったか？

民を想い、国を憂(うれ)え、その命の鼓動に涙することができる政治家が果たしていたか？

自身のプライドを捨て、膝(ひざ)を汚(けが)して礼を尽くすことのできる、本当の意味での潔さが、果たして……

（ああそうか……）

蕪木はわずかな間だけ目を閉じた。

（羨(うらや)ましいのだな……彼女と、彼女の背負った、この国が……）

そして、目を開いた彼は、彼女の前へ歩み出ると、そっと手を差し出した。

「お立ちください。我々には過ぎた礼節です」

「カブラギ将軍……」

立ち上がった女王の相好(そうごう)は、やはり年相応の少女に違いなかった。

絶望的な戦いの中、彼女は何を思ったのだろうか。

そして、自分達異世界からの存在を、どう見ているのだろうか。

蕪木は迷わなかった。

「話を続けましょう。我々にも、貴女（あなた）が必要だ」

◇

カツーン……　カツーン……

セイロード王城の地下深くへと続く螺旋（らせん）階段に、人の足音が反響しては消えていく。

直径二十メートルはあるだろうか。そこはかなり大きな空洞（くうどう）だった。壁には発光性のコケが生えており、淡く光る地下への道筋は、不気味で、そして幻想的だった。

「カブラギ将軍、貴官らは、実に良くない立場に置かれておる」

宮廷の文官達を先導させて歩いているハミエーアは、自分の背後にいる自衛官二人を一瞥（いちべつ）した。

「内地軍と、教会ですか？」

加藤が返答する。

「うむ。内地軍はその面子（めんつ）にかけて、教会は俗物（ぞくぶつ）のゲルオドとその配下どもの思惑で、ルーントルーパーズの存在を許す気はないようじゃな。既に、ゴタゴタも起きていると聞いた」

「時々耳にしますけど、その〝ルーントルーパーズ〟という言葉……それが我々のこの世界での通称なのですか？」

加藤の疑問に、ハミエーアは歩きながら答える。

「神話の世界、古代文明の文献、様々な書物に登場する、異界から現れた軍勢を指してルーントルーパーズと呼ぶのじゃ。召喚獣でもなく、英傑や神、妖精の類でもない。それゆえに定義が難しい存在。それらを総称してルーントルーパーズと呼ぶようじゃの。場合によっては、ルーン・レギオン、ルーン・キャヴァルリなどとも呼ばれる。まあ、とにかく、よく分からない異界からの集団の存在を指すのじゃな」

「……正体不明の連中ってことですか」

加藤が苦笑する。

日本人自身が、自衛隊という存在のあり方を決めかねて、すでに半世紀以上も経っている。正体不明と言えば、それは元の世界でも同じなのかもしれない。

「その複雑な事情と、今、下りているこの階段はどのような関係があるのでしょうか？　前にカルダ戦士団長から、英雄がどうのと、よく分からない話を伺いましたが……」

蕪木が率直に尋ねた。

「うむ。内地軍にせよ、教会にせよ、ルーントルーパーズが、根無し草で正体が分からぬことが原因で騒いでおるのじゃ。炊き出し用の食糧を補給する件にしても同じこと。妾が約束したというのに反故にしてしまって、真に済まぬ。内地軍を抑え切れなかったのじゃ。じゃから……」

立ち止まったハミエーアはゆっくりと振り返り、強い意志の炎を瞳に宿して、蕪木と加藤を見据えた。

「将軍、あなた方に〝英雄の証〟を立てて欲しいのじゃ」

「英雄の、証？」

「会わせたい者がおる、もう少しじゃ」

蕪木の問いかけには答えず、ハミエーアはそう言って再び階段を下り始めた。

「この地下へと続く階段はの、先人達がこの地に国を作った当時からあると言われておる」

「一体何のために？」

「非常時に海や隣の山地へ抜ける脱出路としても使用されてきたがの、元々はある別の目的のために作られたのじゃ。ほれ、あれを見よ」

ようやく底が見え、ハミエーアはある場所を指で差した。

「何だこりゃ？　地下に湖があって、その中央に神殿……？」

加藤は思わず呟く。

美しい、どこかギリシャの神殿を思わせる建物が、地下の空洞内に聳えていた。より強く発光するコケによって、地底湖はこの世のものとは思えない不思議な輝きを放っている。

ハミエーアは、その地底湖のほとりに腰を下ろすと、優しく水面を叩いた。

ぱしゃぱしゃと水の跳ねる音がこだまする。

と――

「……何者か？」

どこからともなく女の声が響いた。

蕪木と加藤は驚き、慌てて周囲を見渡すが、人影は見当たらない。

「ハミエーアじゃ。待たせてすまぬな。会わせたい者を連れてきた」

「失礼いたしました、ハミエーア陛下。我が王がお待ちしております」

「うむ」

ハミエーアは、蕪木と加藤を地底湖の神殿に続く道へと導く。

「あっ‼」

それを進んでいると、加藤は自分を見つめる視線に気付いた。

「どうした⁉」

「司令、水の中！」

加藤が指差した先は、地底湖の水面だった。

「なっ⁉」

蕪木も慌てて水面に視線を向ける。

そこには、数多くの鋭い目つきをした人間の〝顔〟があった。

一瞬、水死体かと思い、蕪木は凍り付いた。

だが、その顔には生気があった。驚いたことに、十数人はいるそれは、みな美しい女の顔だった。よく見ると、彼女らは兜（かぶと）や肩当てを身につけて武装している。

「驚くことはない。彼女らは海棲人（マーフォーク）、つまり人魚じゃ」

「人魚ぉ!?」

加藤はメガネを慌（あわ）ててかけ直し、水中にある彼女らの下半身を確認する。

人魚のイメージそのものである、流麗（りゅうれい）な魚の下半身が見えた。

蕪木は混乱していた。自分が今見ているものが信じられず、意味もなく被（かぶ）っていた制帽を脱いで会釈（えしゃく）する。船乗りの伝説に、〝現実〟として出会うことになろうとは、予想だにしなかった。

「親衛隊よ、客人が驚く。そう怖い顔をせんでくれぬか？」

「お言葉ですがハミエーア陛下。そやつらは人魚の海の最奥から現れた。我らとて不安なのだ」

銛（もり）を手にしたマーフォーク戦士の一人が、蕪木と加藤を睨（にら）んでいる。

すると、神殿の中から声が聞こえてきた。

「良いのです。どうかお通しを……」

美しい、歌うような声だった。

「すまぬな、水底の王よ」

ハミエーアはそう言うと、何の躊躇いも遠慮もなく、神殿の中へと入っていく。自衛官二人も、彼女に続いた。

「もしかして、ここって……」

加藤はハッとした。

水の上にある神殿。それが意味するもの。

「お初にお目にかかります、ルーントルーパーズよ、異界からの使者よ。私の名はフランシアと申します……」

神殿の奥には、特製のベッドにその魚の下半身をゆったりと横たえた、美しい人魚の女王がいた。

彼女を見た瞬間、加藤は悟った。

（ここは、人魚達との交流の場所だ……）

マリースアという国が、その長い歴史を密かに人魚と共に歩んできたことを、加藤は知った。

茫然としている蕪木と加藤に、チラリと意味ありげな視線を送ったハミエーアは、人魚の女王に向かって頷いた。

透き通るほど白い肌に、貝殻や真珠の装飾を身につけたフランシアは、祈るように両手を合わせて、蕪木に向かって懇願した。

「お願いします！　助けてください！　我ら、水底の王国を……！」

◇

海が荒れていた。

時化と言っても過言ではない。

横殴りの雨。吹きすさぶ暴風。軽々と人を呑み込んでしまう高波。

普通、こんな状態の海に出ていく人間などいない。海の荒くれ者と自負する漁師や、恐れを知らぬ海賊でさえ、こんな海を目にしては、船に帆を張らないだろう——この世界の人間にとって、荒れ狂う海は、全てを薙ぎ倒し、あらゆるものを食らい、母なる海と対になる〝死の世界〟に他ならなかった。

だが今、灰色の船体が、凄まじい波をねじ伏せてそんな海を踏破していく。十万馬力のガスタービンエンジンによって生み出される推進力が、襲いかかる波を掻き分ける。

「おっとっと、だいぶガブってるなぁ……気象衛星が使えないのは面倒なもんですね」

イージス護衛艦〝いぶき〟の艦橋にある司令席に座り、荒れた海原を眺めている蕪木の傍らに、コーヒーを手にした加藤が現れた。

「ないものねだりだ。なに、太平洋ならよくある荒れ方だ。心配せんでもこのクラスの船ならびくともせんよ」

全長百七十メートル、満載排水量約一万トンの護衛艦が、この程度の嵐で沈むわけがない。海中に隠れているが、最新鋭の艦船技術の結晶であるイージス艦には、荒天での揺れを制御するためのフィン・スタビライザーが装備されている。

とはいえ、揺れることに変わりはない。

「嵐の海に出るのは初めてですかな?」

蕪木も、コーヒーの入ったマグカップを手にしながら、柔和な笑みを浮かべて、司令席を旋回させた。

「……は、初めてではない! 馬鹿にするな!」

相手はどうやらそれを気遣いではなく、嘲笑と受け取ったようだ。蕪木は苦笑し、コーヒーをすすった。

船酔いのせいだろうか、青い顔をしているのは、中世の騎士を思わせる鎧を身につけた数人の若者達だ。他でもない、内地軍の騎士達である。

観戦武官の名目で、ハミエーアにより派遣されたのだ。

つまり、彼らが〝英雄の証〟を見届ける者達だった。

みな、名門の貴族の出だった。騎士らしく正義感に燃え、かつ高い身分にある者が選ばれているのだ。そして、若い。異世界の存在を受け入れるには、若さという柔軟性が必要だとハミエーアが判断したからだ。

　だが、その若さゆえか、時折、彼らの中に向こう見ずな態度が見え隠れする。険悪な空気にならないよう、加藤が割って入った。

「それにしても変わりやすい天気だ。霧を抜けたら今度は嵐。これが〝人魚の海〟なんですか？」

　普通の軍隊なら、加藤は『参謀』と呼ばれるべき立場の高官だった。しかし、童顔で温厚な雰囲気のせいで、騎士達はそのことに気付かない。彼らは呆れたように加藤を見ると、教えてやろうという尊大な態度で応じた。

「ふん、〝人魚の海〟に挑んで無事に生還した船は存在しないと言われている」

　加藤に説明する騎士の横で、もう一つの声が割り込んだ。

「特に、悪しき心を持った者はな」

　その言葉とともに、加藤に対して試すような視線を投げつけたのは、戦いの女神ヴァルキューレのものを模した鎧を身に纏う長身の美女だった。

「ヴィルヘルミーネ神官戦士団長……」

　プライドの高い若手騎士達が、横槍を入れられたことに一切不快な顔をせず、尊敬の眼差しを彼女に送った。

　ヴィルヘルミーネ光母教神官戦士団長。あのレフィティスの上官である。

ヴァルキューレを母に持つと囁かれるほどの圧倒的な美しさとカリスマを持つ〝神の剣〟。それが彼女だった。

加藤の見るところ、年齢的には三十前後だろうか。落ち着いた大人の女性といった人物だった。

流れるような美しい金髪が、羽根付きの兜から覗いている。蒼い瞳には一切の隙がなく、相手の勇気やその器を測ろうとしているかのような、底の知れない光を宿していた。

彼女もまた、ハミエーアから直接命じられて〝いぶき〟に乗艦した一人である。

彼らは、機能性だけを追求した海上自衛隊の紺色の作業服とライフジャケットに身を包んだ隊員達の中で、明らかに浮いていた。

「へー、そうなんですか。ま、今回は人魚の国の入国許可証もあることだし、問題ないんじゃないですか？」

加藤の口調は、前人未踏の魔の海域に自分達がいることなど微塵も感じさせないほど軽かった。ヴィルヘルミーネの皮肉も完全にスルーである。若い騎士達と神官戦士団長は、顔を見合わせた。加藤が単なる馬鹿なのか、よほどの勇気の持ち主なのか、測りかねているらしい。

そこへ、航海科の監視員から報告の声が上がった。

「左舷二〇〇、岩礁有り。間もなく通過します」

双眼鏡を手にした蕪木と加藤は、報告の上がった方位を確認する。

猛烈な波間から、岩礁が見え隠れしている。あの見え方では、発見することが極めて難しい。監視員の報告が通過寸前になったのは、無理もないことだった。

荒天による高波で電波が乱反射する。あの程度の岩礁だと対水上レーダーでも発見できない可能性がある。イージス艦とはいえ、本来なら、そういった危険な海域を進むときにはもっと慎重になる。通常は、こんな航行はありえないのだ。

荒天に加えて、難所だらけの危険な海域。この世界の船ではまず通過できないだろう。生還した船がないのは、誇張ではなさそうだ。

「凄いな。これがなければ、こんなに早く到達できなかったよ」

加藤は、あの夜に人魚の女王から手渡された〝入国許可証〟を、感嘆と共に見やった。

〝入国許可証〟は海図台に置かれ、今もなお、安全な航路を指し示し続けている。

それを見たヴィルヘルミーネは、ポツリと疑問を口にした。

「……人魚達にとって秘宝、いや、最大の秘密である〝導きの涙〟を、女王自らがこうも簡単に貴様達に渡したということが、まず信じられん」

彼女は、神官としての教養も深かった。

海図台の上に置かれている、小さめの水晶玉のように見えるそれは、巨大な一個の真珠だった。真珠は、ぼんやりした七色の発光を絶え間なく繰り返している。その中で青く光っている一つの点が方位を指し示し、水底の王国へ辿り着くための安全な航路を示す道しるべとなっていた。伝説の中にしか登場せず、存在さえも疑問視されている〝導きの涙〟が、それだった。

ヴィルヘルミーネは目を細める。

マーフォーク、つまり人魚達が、最後の楽園として〝魔の海域〟に住み着いたことを彼女は知っていた。その彼らが、自らの国の在処を示す魔法具を簡単に手渡すなど、まずあり得ない。

「あなたもしつこいお人だなぁ……本当ですってば、あの人魚の女王サマが、僕らが作戦海域に来れるように手配してくれたんですよ」

「ふん、どうだか。ハミエーア陛下のお言葉でなければ取り合わぬ。ただの戯れ言にしか聞こえん」

ヴィルヘルミーネの言葉に、加藤は肩をすくめる。

騎士達は、自分達の思いを彼女が代弁していると、優越感に満ちた顔で加藤を見る。

しかし、ヴィルヘルミーネはそう単純な女ではなかった。

「だが、この船と、お前達の操船技術は素晴らしきものだ。驚嘆に値する」

微かに笑った彼女は、自身の職務に専念する乗組員達を眺めた。

（これだけ上官がコケにされているにもかかわらず、食ってかかることはおろか、持ち場

を離れたり拙僧達を睨む者もいない……この規律と練度の高さ、並ではない）

彼女は腕を組み、青い服の上にでっぷりとしたチョッキを着た水夫達を見る。最初は全くバカバカしい服装だと思ったが、よく見れば極めて実践的な作りになっている。あのでっぷりとしたチョッキが、海に落ちたときは浮き輪になるのだと知ったとき、目から鱗が落ちた。

騎士達は、貶したかと思えば褒める彼女に、目を白黒させた。

（若い……真に見極めねばならんことが、分かっておらん……）

ヴィルヘルミーネは内心騎士達をそう評した。同時に、その純粋さを好ましくも思った。

「そりゃどうも」

蕪木が笑ってマグカップを掲げて見せる。

ヴィルヘルミーネは、蕪木に対しても高い評価を下した。

（自身が馬鹿にされても表情を変えんが、部下が褒められれば笑みを見せる……）

彼らが異世界からやってきたということに対して、彼女は半信半疑だった。

ただ、武人として見たときの彼らについては、十分に評価し得るものがある。

「……良き兵士に、良き指揮官、か」

加藤は、そんな彼女の視線に気付かず、海図台の上にある真珠を注視していた。

「反応が強くなってる……目標海域まで、だいぶ近づいたな」

その顔に緊張が走った。あの夜、フランシアと名乗った人魚の王の話が真実ならば――

「司令」

「うむ」

蕪木はマイクを手に取った。

艦内放送が流れ、その音に騎士達が一瞬驚く。

「……総員、傾注」

「これより、当該海域に突入する。水上及び対潜見張りを厳となせ」

そこで言葉を切った蕪木は、意を決して部下達に伝えた。

「――〝敵〟は、海中にあり」

そして、静かに目を閉じた。

あの夜聞いた彼女の言葉が、脳裏を過る。

常識を超えた戦いが、これから始まるのだ。

ヴィルヘルミーネはそんな蕪木をじっと見据える。

（さて、どう戦う？　ルーントルーパーズよ）

嵐の海に、もう一つの嵐が吹き荒れようとしていた。

◇

嵐の海を前に、蕪木はあの夜のことを思い返していた――

「お願いします！　助けてください！　我ら、水底の王国を……！」

フランシアがそう口にしたとき、蕪木と加藤は思わず顔を見合わせた。

「ハミエーア陛下、会わせたい方というのは……」

「うむ、彼女、水底の王国の女王、フランシア殿じゃ」

扇子を開いて顔を扇ぎ始めたハミエーアは、自衛官二人を見つめる。

「どうじゃ？　助けを求める者を捨て置かぬと思うたが？」

どこか試すように、彼女は二人に尋ねる。

額の汗を拭った蕪木は、大きくため息をついた。

「……まずは、話をうかがいましょう。我々には不可能なこともありますので」

法でがんじがらめにされた自衛隊という組織は、不可能なことの方が多い。おそらく、この国の人々を救うために行った先の武力行使も、越権行為に等しい。既にギリギリのところに身を置いているのだ。

誰も咎める者がいないからと、元の世界の法や常識を捨て去る選択肢を取ることもできる。だがそれは、自衛隊が自衛隊でなくなることを意味し、同時に、元の世界へ帰還する意志を放棄することに他ならない。元の世界へ帰還する意志がある限り、自衛隊は自衛隊のままであらねばならない。

英雄の証がどんなものなのか、察しがついてきた。

偏見を承知で考えるなら、暴力が支配するこの異世界において、英雄の証とは〝力〟を実証してみせることなのだ。この、水底の王国の危機を救い、〝力〟を示してみせよということなのだ。

蕪木はきな臭いものを感じていた。しかしハミエーアの言う通り、自分達が国連軍所属として、危機下にある一般市民を救う義務があることも、また理解していた。

「だ、そうじゃ。まずは事情を話してみてはどうじゃ？　フランシア殿」

ハミエーアの言葉に、フランシアは頷いた。

「はい。海の中で、異変が起きたのです……」

彼女はゆっくり話し始めた。

「我らの国は、一年を通して霧に包まれた〝人魚の海〟の奥にあります」

ハミエーアが蕪木達に補足する。

「主達が初めて現れた場所じゃな。あの空間は酷う不安定で、現世とも冥界ともつかかぬ、いわば世界の黄昏時とも呼べる陰陽が混じり合った場所なのじゃ。そして、そこでは時折、この世界と別の世界を繋ぐ裂け目が現れる」

加藤がハッとした。

「その裂け目は今もそこに⁉」

それを見つけることができれば、元の世界への帰還が叶うのではないかと考えたのだ。

「無理じゃな。言ったじゃろう？　不安定じゃと。裂け目が今もそこにあったとしても、やめた方が良い。裂け目の先に主達が元いた世界があるとは限らぬ。主達ほどの大きな存在を引っ張ってくるには、よほどの魔法が必要なのじゃ。それこそ、古代文明の超魔法でもなければの」

「あの士官室に現れた少女のような、ということか」

加藤は唸った。そう簡単に元の世界へ帰れないということだ。ハミエーアはおそらく嘘を言っていない。次元を超えるという荒技を、裂け目に飛び込むだけで再現できるとは思えない。それは確かだ。最初に自分達を異世界へと跳躍させた少女から現れたあの黒い物体は、もしかしたら次元跳躍の際の危険から艦隊を守るためのものだったのかもしれない。

そう、自分達は人為的にこの世界へ飛ばされたのだ。

「分かりました。まあ、帰還できるかどうかの話は、今は置いておきましょう。フランシア陛下、失礼しました、話の続きを」

「ええ」

フランシアは気分を害した様子もなく頷いた。根はとても温厚な人物のようだ。やや眦の下がった目が、その印象を強くした。

「異変が起きたのは、つい二ヶ月ほど前のことです」

「フィルボルグ継承帝国に、神聖プロミニア帝国が滅ぼされた頃じゃの」

「はい。本来は静かなはずの海の中も、そのときを境に狂い始めたのです。魚は姿を消し、海草や珊瑚は枯れ果て、そして地が割け、封印されていたモノが目を覚ましたのです」

「封印されていたもの？」

　蕪木が疑問を口にする。

　フランシアは俯き、肩を両手で抱いて震えた。

「ああ……恐ろしい……まさか、永遠に破られるはずのない封印が解かれてしまうなんて……あれは、まさに地獄そのものでした」

　人魚の女王は、恐怖に身を震わせながら呟いた。

「目覚めたモノは――レヴィアタン」

「レヴィアタン？」

「レヴィアタン、地域によってはリヴァイアサンとも呼ばれるのう。神が天地創造の折、誤って作ったとされる、最強にして最凶の海の怪物じゃ。破壊神として祀る海洋部族もある、と聞く」

「ゴジラみたいな奴だなぁ……」と、思わず加藤は呟いてしまった。

「ごじら？」

「あ、すいません、話の腰を折って。どうぞ続きを」

言葉の意味が分からなかったこともあってか、ハミエーアとフランシアに気分を害した様子はなかった。

「レヴィアタンは、継承戦争よりも以前に、海の英雄コルブスと、同じくマーフォークの伝説の巫女スアンによって封じられたと言われる、邪龍です。でも、今となってはレヴィアタンを再び封ずることは叶わない」

「どうしてです？」

「海の英雄コルブスほど海中戦に長けた戦士は、今の我が部族にいません。コルブスは、スアンとの禁断の恋の中で海中を自由に戦う能力を身につけた、例外的な人間だったのです」

「つまり、そういう規格外な人達が偶然いてくれたから封印できた怪物で、今はそんな人いないから再封印は不可能だと？」

「挑まなかったわけではないんです」

フランシアは、ちらりとそばにいる親衛隊に視線を向ける。

蕪木は、彼女らの中に怪我をしたのか、海草のようなものを包帯代わりに巻いている者が少なくないことに気付いた。

「今のマーフォーク戦士の数では、レヴィアタンを追い払うことさえできません。最近では、水底の都への侵入を防ぐために、生贄を捧げている有様なのです」

　蕪木と加藤がぎょっとして顔を見合わせる。

「い、生贄とは？」

「レヴィアタンは若い娘を好みます。満足のいく娘を食すことができると、場合によっては、数日姿を現しません」

「なんてこった……」

　加藤は頭を抱えた。蕪木は真剣な表情で、女王の話に耳を傾けている。

「ですが、もう限界なのです。民衆に自分の娘を差し出せと命じるのは……」

　フランシアの瞳から、涙が零れ落ちた。

　ハミエーアが、彼女の言葉を継ぐ。

「一週間後、フランシア女王の一人娘が、次の生贄になるのじゃよ」

　蕪木は大きくため息をついた。

「しばし、時間をいただけますか？」

「うむ」

　ハミエーアは短く応じる。蕪木の返答は、予想済みだったようだ。

「加藤」

「はい」

燕木は加藤と共に席を外し、地底湖のほとりへと足を向けた。

コケの光によって、淡く水面が輝いており、二人の海上自衛官が着ている純白の制服も、その光の色に染まった。足を止めた燕木に向かって、加藤がため息をついて言った。

「人魚のお姫様を救うミッションに、怪物退治ねえ。嘘みたいな任務ですね」

「で、彼らの救いを求める声に応じるのは、合法なのか？」

「海に巣くう魔物については、漁協から頼まれた害獣駆除の範囲で何とかなりませんかね？」

自衛隊は昔、漁業被害を起こすトドの群れを、自治体などに依頼されて機銃で撃って駆除する活動をしたことがあるのだ。

「そんな次元の話か？」

「書類上、どう映るかですよ。もしくは、国際法にのっとれば、レヴィアタンがやってくることは明らかなジェノサイド、虐殺(ぎゃくさつ)行為です。国連軍である自衛隊が、その阻止(そし)に動くのは問題ではありません。もっとも……」

「日本本国の許可も、安保理決議もなし、か」

「どうします？　このまま見捨てても、後ろ指をさされることはありません」

「マリースアの人々を救っておいて、今度は人魚だからと見捨てるわけにもいくまい」

　蕪木の顔に、苦悩の色が浮かんでいる。一見すると涼しげな顔をしているが、加藤にはそれが分かった。

「司令、あなたはお優しい人だ……」

　加藤の言葉に、蕪木は苛立たしげに答える。

「優しさで、部下に戦争をやりに行けと命令する馬鹿があるか」

　ジャリ、と珊瑚礁の砂を踏み、答えを伝えるため、彼は再び神殿へと足を向けた。

「ふん、英雄の証か。英雄なんてもんはな、時と場所を間違えれば、ただの大馬鹿か、頭のおかしい奴と相場が決まっているもんだ。俺はただの公務員でいたいんだがな。それが、自衛官のあるべき姿のはずだろう」

　後ろをついてくる加藤に、あるいは自分自身に向けて、蕪木はそう呟いた。

# 第6章　オペレーション〝セイレーン〟

助けなんて来ない。

誰も、守ってくれない。

それは、サメの群れに囲まれたイルカの赤子に待つ運命のように、逃れようのない現実だった。

クリスティアは、この二ヶ月で、そのことを思い知らされた。

民が、友が、家族が、レヴィアタンに食べられていった記憶は、彼女の中から〝希望〟という存在を消し去るに十分なものだった。

「……そろそろね」

白い珊瑚礁(さんごしょう)でできている家の窓から外を見る。

本来なら、発光する珊瑚礁(さんごしょう)や海草類で明るいはずの昼間の海中も、今は夜のように暗い。

海草も珊瑚(さんご)も死に絶えてしまったのだ。

この水底の王国そのものが、ゆるやかな死に向かっているように彼女には思えた。

他でもない、姫である自分が生贄に捧げられるのだから。

彼女は決して、自分だけ生き延びたいとは考えていなかった。だが、自分が食べられて、しばしの間レヴィアタンの怒りが鎮まったところで、最終的な結果は変わらないとは思っていた。せいぜい、次の誰かが生贄にされるまでのわずかな時間を稼いだに過ぎない。

この国を守るべきマーフォークの戦士達も、大半は海底へと沈んだ。きっと、鯨の死骸の横で深海生物のエサとなったことだろう。そうでなければ、あの〝邪神〟の胃の中だ。

自分もじきにそうなる。

彼女は、母譲りの海草色の髪を梳いた。断食の一日目を終え、心身ともに疲れていた。

生贄に捧げられる巫女は、身を清めるために祭壇へ供される三日前から食を断つ。

身を清めると言えば聞こえは良いが、それはつまり、食べる前の貝の砂抜きのようなものだ。あの邪神、いや、あの怪物が食べたときに少しでもうまいと感じさせるための下準備にすぎない。

彼女はまだ十四になったばかりの少女だった。

好まれる生贄は、子供、もしくは生娘。

その両方である自分はさぞかし喜ばれるだろうと、彼女は乾いた笑みを零した。

自分は死ぬ。

おぞましい死が待っている。

そこには何の希望もなかった。

かつて、英雄がいた。

英雄が、この国を巫女と共に救った。

自分も巫女だが、そんな都合の良い話など、もうないことを知った。

数千年前に奴を封じることができたのは、奇跡以外の何ものでもない。そして、奇跡は二度起こらない。

ここには、かつてのように、美しき巫女のために自身の魂を投げ出して戦う英雄はいない。巫女である自分は、何も守れずに、哀れな時間稼ぎとして死ぬ。

「神様……」

彼女は祈りを捧げた。

全てを創りたもうた、母なる海の神に。

祈りが何の役にも立たないことを、彼女はもう知っている。

それでも、恐怖に押し潰されそうになる心を保つには、祈るしかなかった。

彼女は、以前は美しかった水底の都を窓から見つめる。

本来、人魚の海は、常に晴れ間が広がる美しい場所だった。だが、あの怪物が復活してから、海の神が怒り狂ったかのような嵐が続いている。

（太陽の光が水底に届かなくなって、もうどれくらい経つのかな……）

死ぬ前にもう一度だけ太陽を見たいと、クリスティアは思った。それが叶わないことだと知りながらも。

「クリスティア」

ぼうっとしていると、部屋に人の気配がした。

「母様……」

クリスティアは生気のない顔で、この国の王である自身の母を仰ぎ見た。

お供を連れてやってきたフランシアは、愛娘の痛々しい姿に胸を痛める。

「あなたを奴の生贄になんてさせないわ……」

母として、当然の思いを口にする。

「やめて！」

娘は頭を押さえて叫んでいた。

「クリス……」

「私一人が生き延びようなんて思わない！」

自分の命が、生贄となった他の巫女達の犠牲の上にあることに、クリスティアは罪悪感を抱いていた。たとえ母の言葉だろうと、自分だけが助かりたいと願うことは傲慢にしか思えなかった。

「違うのよ、母様はね、最後の〝希望〟に頼ってきたの」

「希望!? そんなものがこの二ヶ月間に、何の役に立ったって言うの!?」

死への恐怖と、生贄になった巫女達への罪悪感で、クリスティアは平静を失っていた。

「私、何度も祈った！ 海の神様に祈ったわ!! でも、誰も救われなかったし、誰も助けには来なかったじゃない!!」

母を前に、本当は口にしたくない、誰も喜ばない言葉を投げつけてしまう。

「一体誰が助けに来るって言うの!? こんな魔の海域に！ 一体誰が!?」

その娘の言葉に、フランシアは押し黙るしかなかった。

彼女も、不安だった。

でも、希望はある。彼女にとっての、最後の希望。

「彼らは約束した。必ず、助けに来ると」

フランシアは娘の前で、自分自身に言い聞かせるように呟く。

クリスティアは、母が苦悩の末に、ついにおかしくなってしまったと思った。

そしてまた一つ、絶望が加わった。

乾いた表情でそのことを口にしようとしたとき、それは聞こえた。

……コォォォン……

「え？ 何の音？」

遠く、どこかから響いてくる、無機質な音。

母を含む周囲の者全員が顔を見合わせている。

……コォォォン……コォォォン……

その音は一定の間隔で打ち鳴らされているようだ。

レヴィアタンとは全く異質の音。

全く聞き覚えのない音。

……ピコォォォン……ピコォォォン……

「幻聴？」

何かが来る。

それだけは、分かった。

「な、何？　この音？　や、やめてよ！」

彼女は叫ぶ。

「奴が起きちゃう！」

眠りを邪魔された邪神がどんな猛威を振るうのか。考えただけでも、彼女は半狂乱になりそうだった。

◇

海上自衛隊イージス護衛艦〝いぶき〟の戦闘情報センター(CIC)——

ヘッドセットを装着した水測員(ソナーマン)が、船首のソナードームから放たれた探信音(ピンガー)が再び跳(は)ね返ってくる音響を聞き分け、背後の蕪木達に報告した。

「アクティヴ・ソナー、感なし。近海に巨大遊弋物(ゆうよくぶつ)は存在しないようです」

「どこに潜んでいるか分からん。話によれば、極めて凶暴な害獣らしい。こちらの音に反応して、向かってくる可能性もある」

「では、止めますか？」

加藤が尋(たず)ねる。

潜水艦を相手にする場合、こちらから音を発信して探知するアクティヴ・ソナーの使用は極力避けた方が良い。最悪の場合、こちらの居場所を逆探知され、魚雷や対艦ミサイルによる攻撃を受ける危険がある。相手が海の怪物でも、先に気付かれるという点では同じ懸念があった。

「逆だ、探信音(ピンガー)を打ち続けろ」

蕪木は冷静に指示する。

「奴がこちらに気付いて寄ってくるなら、探知する手間が省(はぶ)ける。おびき出した上で、叩(たた)く」

ソナーマンは頷(うなず)くと、再びアクティヴ・ソナーを操作する。

「出力を上げて発信します」

船体を通じて、ピコォンという探信音が微かに感じられた。

その振動に、カタタ、と鎧の鳴る音がする。

ハイテク機器の城であるCICの中で、時代錯誤な格好の女性が腕を組んで立っていた。彼女――ヴィルヘルミーネの顔が、薄暗い照明とレーダースクリーンの淡い光に照らされて、幻想的なほど美しく輝いている。彼女は、他の騎士達が『悪魔の巣のようで気味が悪い』と入りたがらなかったこの場所に、全く動じずに入ったのだ。

彼女の口がおもむろに開いた。

「本気か？」

「本気じゃなかったら、こんな海域まで出張ってきませんよ」

コンピューターが解析した周囲の海底図面を眺めながら、加藤が苦笑した。

「奴は、邪神と崇められることもある海の支配者だぞ」

ヴィルヘルミーネは加藤に静かに問う。

「伝説だと、英雄の剣で深傷を負ったんでしょう？　剣が効くなら魚雷も効くでしょ」

「ぎょらい……？」

加藤はスクリーンから目を離し、ヴィルヘルミーネに言った。

「〝いぶき〟は、原子力潜水艦のチタン合金船殻でさえぶち抜く成形炸薬弾頭魚雷を搭載しています。当たれば奴だって無傷でいられない」

「当たればな」

　燕木が皮肉げに笑う。

　ヴィルヘルミーネには加藤の説明が全く理解できなかったが、ハッタリやホラ話の類（たぐい）をしているのではないことは分かった。本当に騙（だま）す気なら、もっとこちらが信じやすい嘘を並べるだろう。

「……勝つつもりなのか、海の邪神に」

　平静を装う彼女の背筋に、震えが走った。

（騎士達でさえ怖じ気づくこの海域で、そこの覇者（はしゃ）である邪神を相手に。この連中は、本気で戦いを挑むのか……）

　今、武人として最高の場面に立ち会っている。ヴィルヘルミーネには、それがたまらなく嬉しかった。

「勝つつもりじゃありません」

　加藤は音響解析データのスクリーンを睨（にら）んだ。

「勝たなきゃならんのです」

　彼の言葉に異を唱える者は、誰一人いなかった。

　これは、驕（おご）りや過信から来たものではない。

　専守防衛を貫く、日本という国家の防衛組織である自衛隊。その自衛隊の敗北は、守るべきものを守り切れなかったことを意味する。防戦のみを許され、それゆえに負けることは絶対に許されない軍隊。

それが自衛隊という組織の、覚悟と存在意義だった。

「その言葉、信じさせてもらおう」

ヴィルヘルミーネは、今までに多くの強者（つわもの）を目にしてきた。

だが、こんな形の、悲壮感を感じさせる意思を持った武人を見るのは、初めてだった。

そのとき――

「っ！　ソナー感有り！　本艦左前方四マイル、高速浮上しつつあり！」

「どこだ⁉」

「泥を巻き上げる音がします！　海底の洞窟（どうくつ）に潜んでいた模様！」

ＣＩＣの中がにわかに騒然とし、次々と報告と指示が飛び交う。

「目標が確かにレヴィアタンかどうか確認しろ」

「それは分かりませんが……い、いや、こいつは⁉」

「どうした⁉」

「でかい、マッコウクジラの数倍はあるぞ……⁉」

刹那（せつな）、それまでの探信音（ピンガー）に対する返答が来た。

キオオオオオオオオン‼

〝いぶき〟の船体に衝撃と振動が伝わる。

聞く者の恐怖心を煽る、邪神の咆哮だった。

全ての命を食らいつくし、全てを支配する者の圧倒的な力の誇示。

伝説の英雄が、命を捧げた巫女が、全身全霊で封印した存在。

まさに、悪夢と絶望の化身だった。

ＣＩＣが水を打ったような沈黙に包まれた。

燕木はマイクを手にした。そして、いつもと変わらぬ冷静な口調で命じる。

「当該生物を敵性と判断。これより掃討に移る。総員戦闘配置、対潜戦闘用意。これは演習ではない」

燕木の命令とともに、戦闘用意の警告音が艦内に響き渡る。全艦放送が行われ、隊員達が一斉に持ち場へ駆け出した。

艦内に、復唱のアナウンスが鳴り響く。

「総員戦闘配置、対潜戦闘用意！　これは演習ではない。繰り返す、これは演習ではない！」

絶望の棲まう海。

それに戦いを挑む者達の姿だった――

〝いぶき〟のＣＩＣでは、情報の分析が急がれていた。

「音響解析データ出ました！　目標、全長約一〇〇メートル！　本艦へ向かって速力二〇ノットで接近中！」

「原潜並みのデカさじゃないか！　本当にこいつ生物か？」

指揮官の冷静さを認めた部下達は、士気を取り戻していた。

ヴィルヘルミーネは、感心した。

戦闘において、将が余裕を見せるのは、現場の士気を保つためだ。将が不安に駆られて狼狽えれば、いかに精強な部隊でも浮き足立ってバラバラになる。

蕪木は寡黙で、物静かな男だった。それを指して、騎士達は「覇気がない」などと囁いていたが、彼女はそう思わなかった。威張り散らすだけなら、どんな馬鹿でもできる。だが、非常時に冷静でいられるのは、真に心が強い者だけだ。

ヴィルヘルミーネの感心を余所に、蕪木は指揮に専念している。

「機関最大戦速。面舵を取れ、こちらの懐に接近させるな。レヴィアタンの現在の深度は？」

「水深約四〇メーターまで浮上！　現在、その深度のままこちらへ！　速力、さらに加速中！」

艦が戦闘態勢に移り、機関が唸りを上げるのを感じながら、敵が予想以上の能力を持っていることを知った蕪木の背中に、冷や汗が流れた。

だが、それを表には出さない。

「〝ぴんがあ〟とやらが、よほどうるさかったらしい。怒り狂っておるな」

ヴィルヘルミーネは不敵に笑った。

チラリと彼女を見た蕪木は、特に何も言わずに部下へ命令を下（くだ）した。

「釣りは成功だ。カウンターパンチを食らわせる。指向兵装、魚雷。左舷（ひだりげん）、発射管起動！」

魚雷戦を担当する水雷長（すいらいちょう）が応じた。

「了解！　左舷（ひだりげん）、三連装発射管、一番魚雷管投射スタンバイ！」

「圧縮空気、充填（じゅうてん）開始！」

イージス艦が持つ海中への攻撃手段は、実はそう多くない。

本来は、対潜ヘリコプターSH‐60Kや対潜哨戒機（しょうかいき）P3Cオライオンなどと共同して潜水艦を追い詰めるため、爆雷や対潜爆弾の類（たぐい）は装備していないのだ。

しかも、この悪天候が原因で飛ばすことのできないヘリは、格納庫に入ったままである。海中の敵に対して取り得る攻撃手段は、今のところ魚雷しかなかった。だが、ただの魚雷ではない。

「目標のデータ入力完了！　発射用意よし！」

「発射を許可する」

蕪木の許可に、水雷長が叫（さけ）ぶ。

「左舷、一番魚雷発射管、撃ェ！」

〝いぶき〟の甲板中央部、その両側に装備されている三連装魚雷発射管が、海に向かって旋回すると、圧縮空気の圧力によって、装填されていた97式魚雷が海原に射出された。

海中に飛び込んだ魚雷は、命を吹き込まれたかのように高速推進を始める。

この97式魚雷はポンプジェット推進方式のため、一般的な魚雷のイメージと異なり、泡を立てながらスクリューで前進するものではない。例えるならイカと同じで、水そのものを取り込み、それを高圧で吐き出して推進する。

これは、日本が独自開発した最新型のものだ。三十二ビットマイクロプロセッサの搭載と、目標識別プログラムの組み込みによる高度な追尾能力を保有する、意思を持った高性能魚雷である。

ロックオンされ、これを放たれれば、まず逃げられない。

「なんと……意思を持つ銛を放ったのか？」

魚雷発射の映像をモニターで目にしたヴィルヘルミーネは、これから何が起こるのか想像がつかず、目が離せなかった。海中に対する敵に攻撃を加える手段が、基本的にこの世界にはないのだから、その驚きは純粋なものだった。

「魚雷、目標へ向かって進出中！　到達予想まで二十秒！」

97式魚雷は、自身の低周波ソナーで目標を捕捉しながら突入調整を行った。

目標に対して垂直状態で命中するようにプログラムされていた。

だが、そのソナー波を捉えているのは、〝いぶき〟だけではない――

「目標到達まで、あと五、四、三、二、スタンバイ……」

水雷士がカウントダウンを行う。

ソナーマンが爆発の大音響に備えてソナー感度を引き下げた。

「撃発、今！」

CICの全員が、轟音が響くのを待ち構えた。

しかし、その衝撃は訪れなかった。

数瞬の沈黙の後、水雷士が驚愕の声を上げる。

「なっ⁉　魚雷、目標を通過しました！」

「何っ⁉」

CICの全員が愕然とする。97式魚雷が、そんな頭の悪いミスを犯すはずがないからだ。

「誘導部の故障？　それとも不発弾か？　武整長！」

武整長とは、コンピューターやプログラムを多用する現代のハイテク兵器を扱う上で新設された、システム関係の責任者である。

「い、いえ、プログラムは最終突入段階まで進行していました！　と、言うことは……」

蕪木が拳を握り、唸った。

「奴が、突入の寸前で魚雷をかわした、か」

「高機動魚雷だぞ!?　何て奴だ……！」

加藤も、常識が通用する相手ではないことを理解した。

「蕪木司令！　緊急事態です！」

「何事だ」

「周囲の海底データを参照してください！」

「むっ!?」

蕪木は３Ｄ表示された海底マップを確認した。

「こ、これは……!?」

そこには、水底の王国と思われる建造物群と、それを囲むように広がる、まるで迷路のように入り組んだ岩礁地帯があった。

船が乗り入れた場合、一瞬でも気を抜けば岩礁と接触して座礁。いや、この悪天候下では、大破沈没しかねない危険な海域が、そこにはあった。人間が足を踏み入れることを拒絶した場所である。

〝いぶき〟は、水底の王国を通り過ぎ、その周囲の岩礁地帯へ追い込まれ始めていた。純粋に機動戦が行える範囲が、この海は恐ろしく狭い。

「申し訳ありません、エコーが多い上に低水温層もあったため、データ解析に時間が

「……」

「今はそんな話をしている場合じゃない」

蕪木は首を横に振る。

すると、再び咆哮（ほうこう）が船体を揺らした。

ギュオオオオォオォォーン！

さっきよりも近い、と誰もが思った。

追い詰められているのはこちらの方だと、誰もが感じた。

蕪木は再度命令を下（くだ）す。

「二番魚雷発射管、発射用意！」

「で、ですが、魚雷はかわされるおそれが……」

水雷長が困惑気味に蕪木を見る。イージス艦が取り得る唯一の海中攻撃手段が無力であると見せつけられて、判断力が鈍っているのだ。

だが、蕪木は冷静だった。

「魚雷の潜航深度を目標のマイナス二〇に設定。かわされた一番魚雷もまだ生きているな？」

「は、はい、現在旋回（せんかい）して再度目標を追尾中です。で、ですが目標への再到達には時間が……」

「構わん」

蕪木は一瞬、ニヤリと笑った。

ヴィルヘルミーネは、それを見逃さなかった。

（何を考えている？　追い詰められて気が触れたか？）

だが、彼女はそれを打ち消した。直感だが、彼がそんな器の男とは思えなかった。

「……波状攻撃をかける。二番魚雷発射！」

「りょ、了解！」

蕪木の命令で、二発目の魚雷が海に放たれる。

荒れ狂う海へと飛び込んでいく魚雷は、どことなく頼りなさを感じさせた。

一見すると変わり映えのない行動に、隊員達は不安を隠せない。その様子に水雷長が思わず声を上げた。

「司令、魚雷二発では……」

「誰が魚雷を使うと言った？」

蕪木は水雷長から武整長へ向き直った。

「武整長、魚雷の自爆コードを発信できるな？」

防衛機密の塊（かたまり）である魚雷には、仮想敵国に不発弾が回収されないよう、自爆機能が備わっている。

「は、はい、可能であります」

「タイミングを指示する。それに合わせて魚雷を自爆させろ」

目を丸くする武整長への指示の次は、艦橋へと無電池電話(サウンドパワー)を繋ぐ。

「ブリッジ、岩礁(がんしょう)地帯を避ける。面舵(おもかじ)一杯！」

すると、通信機の向こうの艦橋で、部下の動揺した声が返ってきた。

「で、ですがそれだと、奴の正面に出ることに……」

しかし蕪木は、強引に言い切った。

「再度言う。面舵(おもかじ)一杯！　奴の正面に出る」

「りょ、了解！」

艦橋では操舵員(そうだいん)に檄(げき)が飛んだ。

「面舵(おもかじ)一杯だ！」

「おもかじいっぱぁーい！」

蕪木の命令に、部下達は忠実に動き始める。

操舵員が舵輪(だりん)を勢いよく回すと、艦が急速回頭する。遠心力に振り回され、乗員は身近なものにつかまった。

艦橋には、若い騎士達の姿もあった。

「じゃ、邪神の真正面に出るだって……⁉」

「正気か⁉」

彼らは、断片的だが状況を把握していた。海中の敵は、自分達の剣も槍も届かない存在である。しかも、相手は邪神とまで呼ばれる怪物だった。その正面に出ることが不安でないはずはない。


ＣＩＣでは刻一刻と縮まる敵との距離に、緊張が高まっていた。

蕪木はモニターで音響解析の情報を凝視しつつ、確認のために命じた。

「二番魚雷の位置、報せ」

「目標到達まであと二十五秒の位置であります！」

水雷長が蕪木の真意を測りかねた表情で言う。

「ですが、深度が違うままでは直撃は……」

「直撃はさせん」

蕪木は断言した。

「そ、それは一体どういう……」

水雷長は困惑したが、それはヴィルヘルミーネも同じだった。

（矢をわざと外して撃つ弓手などいるはずが……いや……？）

彼女はふと思った。

その弓手が兵士でなく、狩人ならどうだ？

一発の矢を外す意味。

（それは、獲物を……）

彼女がそこまで思い至ったとき、カウントが思考を遮った。

「二番魚雷、目標まであと五、四、三、二、一、スタンバイ」

カウントダウンの最後、蕪木は武整長に向かって叫んだ。

「二番魚雷に自爆コード、打て！」

蕪木の短い叫びに、武整長は自爆コードを入力し、プログラムを実行させた。

次の瞬間、レヴィアタンの腹の下で、五十キロの高性能爆薬が爆発した。

凄まじい水中爆発は、水を凶器へと変えた。さらに爆音そのものが衝撃波となり、炸裂
脅威範囲を広げ、大量の気泡が海中に充満した。

海上の艦橋からは、目の前の海が盛り上がったかと思うと、すぐさま轟音と共に巨大な
水柱が立ったのが確認できた。

「な、何だぁ⁉」

「あ、あれが海の邪神の怒りなのか？」

突然の衝撃と水柱に、艦橋にいる騎士達は腰を抜かしそうになった。だが、周囲の隊員

達は、それが魚雷の爆発によるものだと理解し、一瞬、そこに敵の撃破を期待した。

だが――

キシャアアアアアアアアアアアアアアアアアア‼

それは海上へと姿を現した。

禍々（まがまが）しい牙。

見え隠れする蛇のような舌。

全身を覆う何者にも打ち破れぬであろう鱗（うろこ）。

邪龍が、そこにいた。

魚雷の爆圧から逃れるためか、海上の〝いぶき〟を眼前に収めたかったのか、定かではない。

しかし、それは海上に姿を現した。

「ひっ……ひいいいいい⁉」

艦橋で、その邪龍の姿を目の当たりにした騎士達は、完全に腰を抜かした。圧倒的な巨体と、残忍性を備えた邪神。自衛隊員達も、CGか何かではないかと疑いを持つほど、目の前の光景に対して、現実感が持てなかった。騎士達ほど狼狽（うろた）えなかったのは、海上自衛隊員から見れば、それが潜水艦と同じくらいの大きさの生物であり、潜水艦ならば撃破できるという無意識の対抗心があったからかもしれない。シーレーン防衛に特化した海自隊員の性（さが）だろうか。

ＣＩＣでも、カメラから送られてくる映像でレヴィアタンを見ていた。

ヴィルヘルミーネは息を呑んだ。

ここまで巨大な怪物を敵に回すのは、初めての経験だった。

だが、彼女は心のどこかでそれを楽しんでいた。

何故なら、自分は人智を超えた戦い方をする異世界の軍船に乗っているから。

（そうか、やはり間違いない！）

レヴィアタンの姿を目にした彼女は、どこまでも冷静な蕪木の横顔に確信を抱いた。

（初めの攻撃を外し、二発目もあえて外すことが、前提であったのでは……）

彼女の頭の中を、誰かが代弁して言った。

「司令、こちらのフィールドに追い込みましたね」

「まだ気は抜けん」

蕪木は加藤の言葉を切って捨てて、敵の様子を睨みながら、別の部下に声をかけた。

「砲雷長」

彼は、接近した場合の水上戦の最大火力を扱う担当者だった。

「はっ！」

まるで演習のときのように、蕪木の命令はなめらかだった。

「対水上戦闘用意。指向兵装、主砲。目標正面、撃ち方、始めェ！」

◇

水底の王国は騒然としている。

誰もが、海面を見上げていた。

「一体、上で何が起きているの……？」

クリスティアは、何が何だか分からなかった。

上の世界、海面上で何かが起きている。

あの咆哮は紛れもなく邪神のものだ。戦慄の雄叫びを忘れられるはずがない。

だが、奴はこちらに来なかった。

そして、先程から断続的に聞こえる、凄まじいまでの爆音と邪神の暴れる音。

邪神を叩き起こしてしまったあの不可思議な音と、何か関係があるのだろうか。

クリスティアは、この絶望の日々には感じられなかった何かを感じ取っていた。生来、彼女は好奇心の強い少女だった。巫女としては奔放過ぎるほどに。

「……私、見てくる」

ぽつりと彼女は呟いた。

母であるフランシアと、親衛隊の戦士達がハッと顔を上げた。だが、彼女らも上で何が起きているのか皆目(かいもく)見当がつかず、不安な気持ちを抱えていたところだったため、窓辺にいたクリスティアがひょいと外へ泳ぎ出るのを止められなかった。

「な、なりません！　クリスティア⁉」

フランシアが悲鳴のような声を上げたが、クリスティアは止まらなかった。

数日後には死ぬ身だ。

なら、思うがままに行動してみたい。

彼女に躊躇(ためら)いはなかった。

ヒレを優雅(ゆうが)に波打たせ、彼女は浮上を続ける。

水底の王国は深い暗闇に沈み、自身は曇天(どんてん)の支配する海面へと向かう。

音は、激しさを増していた。

このくぐもったような音は、水中の音ではない。やはり、海上で何かが起きている。

クリスティアは胸騒ぎとも、期待ともつかない感情に包まれたまま、ゆらゆらと自分を誘っている海面を見上げ、そして一気に浮上した。

ちゃぷん、と小さな音を立て、彼女は海から少しだけ身を乗り出した。

「あ……あ……」

彼女は言葉を失った。

目の前に広がる光景が、現実のものだとは思えなかった。

巨大な灰色の何か。

一瞬、妙な形の流氷が流れているのかと思ったが、そうではなかった。

あれは、いわゆる船だろうか。

それにしては、あまりにも巨大で、奇妙で、そして圧倒的だった。

その巨大な船らしきものが、火を噴いている。

それが一体何を意味しているのか、クリスティアはすぐに知った。

だが、認識はしても、それを理解するには、かなりの時間がかかった。

火を噴く巨大な船の先にあるもの。

それは――

「……邪神が……燃えている……!?」

◇

海上自衛隊は、邪神に対して時代錯誤(さくご)とも形容し得る、主砲による正面攻撃を試みた。

巫女(みこ)の献身的な祈りでも、英雄の伝説的な剣撃でもなく、現在あの邪神を圧倒しているのは、一門の速射砲が撃ち出す127㎜口径の砲弾だった。

真っ向勝負の火力戦である。

〝いぶき〟艦首に装備されたオート・メララ127㎜速射砲は、一分間に四十五発の連続砲撃が可能だ。

今、その砲口からは、絶えることなく猛烈な炎が噴き出している。

そこに現出した光景は、巨艦と巨獣の接近戦だった。ミサイル戦の時代では考えられない目視距離でのショートレンジバトルである。

爆炎と爆煙が、邪神の姿を覆い隠すように飛散し、耳をつんざく発砲音と着弾音が、嵐の海にこだまする。

発砲のたび、砲身下のエジェクションポートから排出される127㎜砲弾の焼けた空カートリッジが甲板を跳ねるように転がり、海へとこぼれ落ちる。高波の飛沫が過熱した砲身を舐めると、水蒸気が立ち上った。

CICも、決戦の様相を呈していた。

「速射砲弾全弾命中なるも、目標なおも健在っ！」

射撃管制装置によって射角を補正された主砲は、この荒天下にあっても命中精度は高かった。

だが、奴は沈まない。

着弾した砲弾は、甲高い金属音を立てて炸裂する。目標の装甲を貫徹できていないのだ。

（……通常砲弾では無理か）

蕪木は額に汗を滲ませた。

「怯むなっ！　火力で圧倒！　反撃させるなッ！」

　彼は諦めなかった。

　これだけの砲弾を撃ち込んで、ダメージを受けないはずはない。特撮映画の怪獣は、戦車やミサイルの直撃を跳ね返しているが、現実にそんな芸当をするなら、甲殻生物でなければ不可能である。もしそうであったとしても、身体の内部にダメージは蓄積する。内臓がない生き物など存在しない。レヴィアタンも、生贄をたらふく食らってきたのだから、間違いない。どんな屈強なボクサーでも、ボディーブローを打たれ続ければ必ず倒れる。

「目標との距離、一マイルを切りますっ！　目標進路上っ！」

　レヴィアタンは速力の低下を起こしたものの、未だにこちらへ向かって前進していた。咆哮を上げ、こちらへの憎悪を募らせているようだ。

　蕪木が叫ぶ。

「構わん！　突っ込め！　奴は獣だ！　目を逸らしたら負ける！」

　これは単純なチキンレースだ。どちらがより勇敢か、どちらがより強いか。そんな馬鹿げた単純さが、自然界における戦いの基準だった。

「ですが、このまま直進しては衝突するおそれが！」

「総トン数ではこちらが上だ！　衝突しても負けるのは奴だ！」

蕪木の真顔に、〝いぶき〟の船務長が顔面蒼白になった。

「そ、総員、衝撃に備えろ！　ダメコン準備！」

今までの慎重な蕪木からは想像できない無謀とも言える命令に、ヴィルヘルミーネも疑問を口にする。

「血迷われたか？　カブラギ将軍」

蕪木は、ヴィルヘルミーネに向き合わず、そっと自分の腕時計を確認した。その直後、ほんの一瞬のことだった。蕪木の冷静な表情に不敵な笑みが浮かんで消えた。

「血迷ってるのは、奴の方だ」

「何？」

ヴィルヘルミーネの問いを遮るように、悲鳴のような報告が響いた。

「目標との距離五〇〇！」

蕪木の表情が緊張で引き締まる。

そして、追い打ちをかけるように、最悪の報告が上がった。

「主砲オーバーヒート！　射撃不能っ！」

ＣＩＣの全員が呻くような声を漏らした。だが、蕪木は叫ぶ。

「冷却急げ！　発砲間隔が空いてもいい、弾幕を絶やすな！」

武整長が叫んで返す。

「システムエラー！　機構保護のため、無理な射撃命令を受け付けません！」

「クソっ！」

イージスシステムは、アメリカ海軍が日本の海上自衛隊に供与(きょうよ)しているものだが、軍事機密の塊(かたまり)である以上、日本側では手を加えられないブラックボックスでもあった。実際、こうしてエラーが出るまで、その脆弱性(ぜいじゃくせい)などは分からないことが多い。

「目標、本艦へ向けて増速！」

「20㎜バルカン砲射撃用意！」

繋ぎとして、艦載砲に比べれば豆鉄砲である対空防御用火器の指向を命令しつつ、蕪木は再び腕時計を確認した。

ヴィルヘルミーネは、彼のその様子を注視する。

一方、艦橋では若い騎士達が半狂乱になっていた。

「も、もう終わりだぁ！」

「な、何で私、こんな船に乗っちゃったのよぉ!?」

邪神は、煙を身体から立ち上らせながらも、殺気に満ちた目をこちらへと向けている。

騎士達はパニック状態で泣き叫(さけ)んだ。

グルルル……

レヴィアタンは〝いぶき〟を前に、その強靱(きょうじん)さを見せつけるかのように堂々と立ち塞(ふさ)がった。あちこちを煤まみれにし、鱗も傷ついている。しかし、それは致命傷には見えなかった。

そして邪神は、攻撃が行えず無力に浮かぶ〝いぶき〟に向かってその顎を開いた。

「なっ⁉」

食らいつくための動作ではなかった。

蕪木を含め、全ての者が恐怖に凍り付いた。

レヴィアタンは、凄まじい勢いで口から火焔を放った。

「うわぁあぁあ⁉」と、誰のものとも知れない悲鳴が響く。

海原を真っ赤に染め上げながら、炎は海面をさらい、〝いぶき〟の船首を襲った。

レヴィアタンの火焔により、艦橋にいた者は露出した肌に痛みを伴う熱さを感じた。

燃え上がる紅蓮の炎に、艦橋は一時的に視界を遮られる。

それでも、命令を死守すべく、操舵手の隊員は舵を放さない。

邪神が火焔を吐き終えたとき、〝いぶき〟の艦内では警報が鳴り響いていた。

「ダメージ報告！　艦首ＶＬＳ及び艦載砲付近、火災発生！」

被害状況を確認できる艦内の概略図の中で、艦首付近のＬＥＤが点滅を繰り返している。

「自動消火装置作動！　鎮火急げ！　誘爆したら終わりだ！」

蕪木は被害の拡大を恐れた。

「りょ、了解！　自動消火開始します！」

そのとき、艦橋では騎士達が驚きの声を上げていた。

「船から霧が⁉」

艦首から作動した散水管より、霧状に近い水が激しく噴射されたのである。この散水管は本来、ＮＢＣ攻撃——核、生物兵器、化学兵器による攻撃——を受けた際の緊急除染用のものだが、多少の消火能力も備えていた。

消火は、人力しかないと思い込んでいた騎士達にとって、その光景は魔法としか考えられなかった。ただ、彼らの知る魔法に、このようなものはない。

「か、火災、なんとか鎮火した模様！」

消火できたのは、レヴィアタンの吐いた火焔が、粘着燃焼性のものではなかったからだ。

これがナパームのような高粘度で延焼力の高いものであった場合、護衛艦のスプリンクラーでは対処のしようがなかった。

もっとも、船がこの世界の木造船で、船員も全員露天下でいた場合は、今の攻撃を受けた時点で全滅しただろう。

だが、やはり〝いぶき〟も無傷とはいかなかった。

「主砲に改めて過熱表示！　整備なしに発砲は危険！」

「ＶＬＳには異常なし！　ですが、熱を受けたセルでは、点検なしの発射は不可能です！」

ハイテク兵器は繊細な機械の集合体であり、デリケートな精密機器である。火焔をかけられただけでも、どんなトラブルに見舞われるか分からない。

「蕪木司令！　本海域からの撤退を具申します！」

今の〝いぶき〟に、戦闘を継続する能力は存在していないに等しい。あの邪神に致命的な打撃を与えられる武器は、全て使用できない。対艦ミサイルなど、長大な射程距離を持つ兵装があるにはあるが、この近距離では撃てないのだ。

ヴィルヘルミーネの目にも、この状況は明らかな劣勢に映った。

カブラギ将軍が卓越した指揮官であることは理解できる。だが、邪神相手には限界があるのだ。

「拙僧もそう思う。この船の足は速い。将軍の指揮あらば、逃げ切れなくはないだろう」

「撤退はしない」

蕪木は冷静に言い切った。

「蕪木海将補！　これ以上の戦闘継続は艦を危険にさらします！」

加藤以外の部下は皆一様に、この戦いの敗北を確信していた。

たった一隻で。

こんな狂気じみた天候と、船を拒絶した海域で。

邪神と戦おうなど、どだい無理な話だった。

だが、蕪木は冷厳さを崩さなかった。

「敗れるのは、奴の方だ」

ついに妄想を口にするようになったか、とヴィルヘルミーネは思った。

彼もしょせん人間。覆しようのない現実を前にして、正気ではいられなかったのだ。

「ヴィルヘルミーネさん」

加藤が、彼女の肩を叩いた。

彼は、この中で唯一、蕪木に対して不信や絶望の眼差しを送っていない。

「何だ？」

加藤は、先程の蕪木と同様、腕時計に視線を落としていた。

「あと、三秒後です」

「え？」

彼女は邪神の映されたモニターを咄嗟に見た。

その瞬間。

ピキィーン！

その音は、戦海に響き渡った。

「魚雷の、最終探信音!?　まさか……」

感度を下げていたせいで、ほとんど用をなしていなかったソナーマンが、驚愕の表情で叫ぶ。

「最初に外した一番魚雷っ⁉」

その声にＣＩＣの全員がモニターに視線を集中させた。そこに映し出されたものは――

天高く舞い上がる水柱。

耳をつんざく轟音（ごうおん）。

レヴィアタンの完全な死角――後方から、最適な角度で97式魚雷が直撃した。

97式魚雷のＨＥＡＴ弾頭は、その成形炸薬（さくやく）を起爆させ、チタン合金の装甲板を貫通させるほどのメタルジェットをレヴィアタンの鱗（うろこ）に打ち込んだ。

瞬間的に超高圧の爆風を局所的に受けると、金属などの硬い物質でも液体のように柔らかくなる現象、いわゆるモンロー・ノイマン効果が最大限に発揮され、レヴィアタンの鱗（うろこ）が溶かされた。

続いて、原子力潜水艦を確実に撃沈するために設計された弾頭からは、タングステン弾（だん）芯（しん）がぶち込まれ、生贄（いけにえ）を食い散らかしてきたレヴィアタンの内臓を破壊した。

ほんの一瞬の出来事だった。

しかし、決定的だった。

ギュオオオオオオオオオン‼

海面で邪神が、蛇のような身体を不様（ぶざま）にのたうち回らせ、苦悶（くもん）の声を上げながら暴れている。もがくたびに鮮血が海に広がる。邪神が確実に傷を負った証だった。

「い、一番魚雷、命中っ！」

水雷士が遅れた報告を上げる。

全員が棒を呑んだように突っ立っていた。

「す、全ては、織り込み済みだった……!?」

CICの自衛官達は、落ちついた表情の蕪木を見て確信した。

外した一番魚雷の再追尾を確認したのはこのためだったのだ。奴を海上へおびき出し、時代錯誤でリスキーな主砲による攻撃を行ったのも、爆音を断続的に叩きつけることで奴の気を魚雷から逸らすためだった。

全て、作戦だった。

ヴィルヘルミーネは、「はぁ」と大きく肩で息をついた。その顔には無垢な驚きが宿っている。

「レ、レヴィアタン、再度、潜航します！」

「魚雷による再攻撃を行いますか!?」

撤退を具申していた部下達は士気を取り戻し、蕪木に信頼しきった声を送る。

「無駄だ。追撃を避けて、奴は岩礁地帯か洞窟へ逃げ込む」

蕪木は冷静に応じ、戦闘の終結を悟った。

「……仕留めきれなかったか」

彼は鉄帽を脱ぐと、頭を掻いて不満そうな表情を浮かべた。

モニターには、砲撃戦の後の燃える海面と、そこに残された血痕だけが映し出されていた。

◇

イージス護衛艦〝いぶき〟の艦内にある科員食堂の一角で、若手騎士達はじっと話に聞き入っていた。

機能的な自衛隊の食堂に、場違いな甲冑姿の彼らが集まっているのは、調理を担当する自衛官――給養員達の目にも珍しいものとして映った。彼らは乗艦から今まで、戦いを除くほとんどの時間を、割り当てられた部屋で過ごしていた。食べ物も、持参したものを食べていたらしく、食堂で見かけることもなかった。とはいえ、狭い艦内である。通路で出会うこともあったが、彼らは好意的とは言えない鋭い視線を返すばかりで、乗員達との接点を作る気はさらさらないようだった。

そんな彼らが、食堂で一堂に会していた。

内地軍の騎士達の中心にいるのは、長身の美女――神官戦士団長ヴィルヘルミーネ。

先程から彼女は、あのレヴィアタンとの海戦で起こったことについて、いや、あのレヴィアタンを退けた者についての話を、騎士達に聞かせていた。

集まった若い騎士達は、微動だにせず真剣に彼女の言葉に聞き入っている。

「そこでカブラギ将軍はこう言うたのだ……」

ヴィルヘルミーネは神妙な表情で、彼女にしては珍しく、もったいぶった、それも、まるで英雄譚の締めくくりでも話すかのように言った。

「『仕留めきれなかったか』とな」

しん、とその場を静寂が支配した。

若い騎士達は互いに顔を見合わせた。まるで、信じられない物語を聞き終えたかのような、半信半疑の顔つきだった。

だが、彼らも知っていた。艦橋であの邪神が傷つき、尻尾を巻いて逃げ去るまでの壮絶な戦いを。その目で見て、その身で体感したのだ。

一体誰が、あそこまでの戦いを指揮したのか。それは武人として若者として、至極当然の好奇心だった。

ヴィルヘルミーネという、社会的地位も名誉もある人物が、ここまで心服した口調でその話をしたのだから、最初は半信半疑でも、結局は信じないわけにはいかない。

否、信じないどころか、彼らの中に一つの英雄譚ができ上がった。

ややあって、わっと彼らは歓喜に沸いた。

「あ、あの邪神を退けるとは、思ったよりやるではないか」

若手騎士の中でも、最も大きな家の出身で、リーダー格の青年が、感想を漏らす。

「〝思ったより〟とは、いくら何でも不敬が過ぎんか？　ユラウスよ」

腕力に自信のありそうな大男が窘める。人の実力を評価するのに雑念は交えないといった、実直そうな人物だった。

「何よ、ロムクス。あなたこそ、最初にカブラギ将軍に会ったときは『覇気がない』って言ってたじゃない？」

若い割に妖艶さを纏った魔法騎士の女が、そんな仲間の態度の変わりようを指摘する。

「な、なんと⁉　ディアナ殿、あ、あれは乗船前に父上から噂を聞いて誤解しておっただけのことで……」

「そもそも誰よ？　ルーントルーパーズは腰抜け揃いだ、なんて言った阿呆は？」

ディアナは仲間を見渡した。その目には明らかな糾弾の意思が宿っている。

ばつが悪そうな表情を浮かべ、騎士達は次々に否定の言葉を口にした。

「お、俺じゃないぞ」

「そ、そうだそうだ！　俺は、最初からあのお方には、何かオーラのようなものを感じておったわ」

リーダー格の青年騎士――ユラウスが、腕を組んで何度も頷いた。

「強者の余裕というもの……なのだろうな」

「私もヴィルヘルミーネ様と一緒に〝シイアイシイ〟にいればよかったわ」

熱狂した様子でわいわいと話す彼らは、そろそろ夕食の時間になったことに気が回らなかった。邪神を撃退するという歴史的な瞬間に立ち会えた興奮は、そう簡単には収まらない。

やがて、食堂の入り口から、食事にやってくる乗組員達の声が聞こえてきた。

「ったくよぉ、誰だよ？　蕪木司令が『防衛省から飛ばされてきた偏屈』だなんて言った野郎は？」

野太い声だった。中年の体格の良い、いかにも叩き上げといった風貌の海曹長が大股で歩きながら、上機嫌な声を上げている。

「噂だったんだよ。上層部で嫌われてたのは、マジらしいしな」

彼らは皆、階級的には下士官以下、いわゆる一般科員だった。幹部などとは食堂も違い、世界が隔絶しているだけに、上の人間の噂話をすることは日常茶飯事だった。とはいえ、今回の噂は普段のそれとは大分異なる。

「それだよ、それ！　何でも環太平洋合同演習で、アメリカの第七艦隊を壊滅させたらしいじゃねえか？」

蕪木のあの見事なまでの操艦と決断力、そして作戦遂行能力を目の当たりにして、一目置かない乗組員は今やこの船にいなかった。

そして、閉鎖世界の艦内、それも幹部達の正確な情報を知る由もない一般の乗組員達の中では、あっという間に尾鰭のついた噂が広まっていた。

この〝いぶき〟に限った話ではなく、良くも悪くも、大きな出来事を起こした人物の評価は極端なものになりがちになる。いわゆる軍隊神話というものだ。

「ああ、知ってるぜ！　アメリカのメンツを潰しちまったから、その戦果をもみ消された挙げ句に、出世コースから外されたって」

大筋でその噂は正しかったが、アメリカ軍の第七艦隊を壊滅させたというのは行きすぎだった。実際は、演習想定内で敵艦として指定された分艦隊を壊滅させたのだ。出世コースから外されたというのも、アメリカ海軍のメンツを潰したからではなく、前々からの彼と上層部内の不和が原因だった。

「マジかよ!?　ひでえな」

「そういえば、あの人、親父さんか爺さまが、日本海軍時代の巡洋艦か戦艦の艦長だったらしいぞ？」

本人の知らぬ間に、噂には尾鰭だけでなく角までつく勢いだった。蕪木の父は確かに旧日本海軍にいた経験があるが、巡洋艦や戦艦の艦長などではなく、ごく普通の量産型駆逐艦の、しかも一介の下級将校に過ぎなかった。

「すげえ！　生粋の軍人ってやつだな」

「だから俺ぁ言ってたんだ。あの人は本物の船乗りなんだってな」

曹長はまるで我が事のように得意顔になった。

すると、短髪のボーイッシュな女性自衛官がニヤっと笑う。

「曹長、最初にあの人がこの船に来たとき、『もやしみてえな司令官寄越されて、艦が泣いてらぁ』って言ってませんでしたっけ？」

「う、うるせえな‼　ちげえよ、司令ともども上から嫌われちまって艦が泣いてるって言ったただけだ！」

「ほんとに〜？　あっ……」

ばったり、といった様子で、甲冑姿の騎士達と青い作業服姿の乗組員達が相対した。

気まずい空気が双方の間に横たわった。

「……い、今から食事時間ですが、今日はこちらで？」

曹長がその場の代表として尋ねる。

リーダー格の青年騎士が焦ったように仲間を見渡す。

「あ、いや、我々は……」

――と、落ちついた様子のヴィルヘルミーネが横から答えた。

「うむ。今宵はこの船のものをいただこうと思うてな」

「な……」と、青年騎士は言葉を失う。彼女はさらに続けた。

「それに、カブラギ閣下についてのお話も、うかがいたい」

ヴィルヘルミーネの言葉に、騎士達もハッとした。確かに、彼らなら自分達の知らない、あの英雄の逸話を多く知っているに違いない。

「そ、そうだ。今日はここで晩餐をさせてもらう。あ、いや、させていただきたい」

騎士達の前に、短髪の女性自衛官が歩み出た。

「じゃあ、あっちの列に並んでください。今夜は〝いぶき〟特製の金曜カレーですよ」

◇

艦が夕食時を迎え、戦いの後の休息にまどろんでいる中、まだ気を抜かずに動いている者達がいた。

暗い夜の海を、艦から下ろした作業艇が走っている。

数名の操作員を除き、乗っているのは、蕪木と加藤、〝いぶき〟の副長など、指揮官クラスの者だ。

岩礁地帯を縫うように進んだ作業艇は、やがて目的地へと到着した。遠くから篝火のようなものが焚かれているので、発見は容易だった。もっとも、篝火のように見えたそれは、発光性の海草を束ねたものだった。考えてみれば、海の中で生活している彼女らが、乾いた薪で火を焚くはずがない。

作業艇が岩礁に接岸し、ライフジャケット姿の蕪木が、その場に降りた。

そこは、あのセイロード王城地下で見た神殿によく似ていた。というより、これをモデルにあの地下に神殿が造られたようだ。そう思えたのは、こちらの神殿の方がずいぶんと古いように見えるからである。

「またお会いできて光栄ですよ。フランシア女王陛下」

「ええ、本当に……」

その神殿の奥に、人魚と人間が話し合う場があることも、共通している。

今のフランシアは安堵の表情を浮かべていた。

「本当に、助けに来てくれたのですね」

「ま、約束しましたからな」

蕪木は、女王の前で鉄帽にライフジャケット着用では無礼にあたると思い、それを脱いで用意されていた椅子に座った。

フランシアはそんな彼に微笑んだ。

約束したから。

あれだけの命がけの戦いをした後に、自分の活躍を誇ることも、こちらの情に訴えるような口上を述べることもなく、ただ〝約束したから〟と言う。

蕪木にしてみれば、自衛隊ではかつて、うっかり自分達の成果を誇張してしまいマスコミに袋叩きにされることが多かったため、控えるのが当たり前になっているだけだった。

だが、そんな事情を知る由もないフランシアは、それを強者の余裕なのだと感じた。

「ああ、そうですわ、カブラギ様。兵がこれを集めてきてくれました」

フランシアが目配せすると、親衛隊の戦士が恭しく蕪木の前に盆を置いた。

「これは？」

自衛官達は盆の上に載っているものを覗き込んだ。カキか何かの殻が堆く積まれている。

「レヴィアタンの鱗です。あなた様との戦いで、傷つき剥がれ落ちたものです」

戦士の一人が、蕪木に平伏して答える。彼女らの中に、最初に会ったときのような警戒心を抱く者は一人もいなかった。それどころか、神殿の周辺には、こちらの様子を窺う無数のマーフォーク戦士の姿があった。どうやら、蕪木達を一目見ようと集まっているようだ。

そんな状況になんとなく落ち着かないものを感じながら、蕪木はレヴィアタンの鱗を一枚手に取ってみる。薄いが、想像していたよりも重い。確かに、これなら避弾傾斜効果があり、通常砲弾ではダメージを与えられないかもしれない。

「これなんか溶けてますね。魚雷の成形炸薬弾頭でぶち抜かれたんだ」

加藤がメガネをくいっと上げて分析した。チタン合金の装甲さえも貫く魚雷の威力を目の当たりにする。

そんな彼らに、フランシアは安心しきった表情を向けた。

「何とお礼を申し上げたらいいか、私には分かりません」

　フランシアだけではなく、周囲のマーフォーク戦士達までもが蕪木に頭を下げた。

「我らマーフォーク戦士、同胞の無念を晴らしていただいたご恩、永遠に忘れませぬ」

　彼女らの武器であり、象徴でもある銛をそっと地面に置き、そう礼を述べた。内地軍の騎士達とは異なり、彼女らは幾分純粋なようだった。もしくは、この二ヶ月の間でひどく苦しめられてきた分、目に物見せてくれたことに重みを感じているのかもしれない。

「亡くなられた方々には、お悔やみ申し上げます」

「もったいなきお言葉です。カブラギ閣下」

　蕪木はここのところ、今まで自衛隊にいて耳にしたこともない敬称で呼ばれることに戸惑いを隠せないでいた。

　将軍だの閣下だの、自衛隊では、というか、現代日本ではまず使われない言葉である。自衛隊という組織は、軍隊を連想させる単語を片っ端からソフトな印象の用語に変更した組織だ。将軍ではなく、将・将補。閣下ではなく、司令。参謀ではなく、首席幕僚。軍艦ではなく、護衛艦。軍隊ではなく、自衛隊。

　彼は頭を軽く掻いて苦笑いする。

「これでこの国も平和になりますわ」

　フランシアは希望を胸に微笑んだ。

だが、蕪木は彼女の楽観を完全否定した。

「いいえ。また奴は来るでしょう」

一瞬で、その場が凍り付く。

蕪木は、恐怖を煽るつもりはなかったが、ここでの楽観は、最もしてはならないと確信していた。

「奴は人魚の肉の味を知っている。確実にまたここを襲いに来る。しかも今度は、生贄なんかではきかないくらいに暴れるでしょう。手負いの獣は、そういうものです」

悲鳴や呻きがさざ波のように広がった。

「とどめを刺す必要が、あります」

蕪木は断言し、人魚達を見渡した。

皆一様に不安そうな顔をしている。

しかし、不安ではあっても、希望を捨てていないように見える。少なくとも、まだ諦めてはいない。蕪木にはそう感じられた。海という、優しくも厳しい環境で生きる者特有の芯の強さが、彼女達にはあるように思えた。

「で、では、また、皆様に戦っていただけるのでしょうか？」

とはいえ、フランシア自身は他力本願だった。蕪木にそれを非難する気は全くない。絶望的になりそうな状況下で、彼女は一人、国を守るために奔走してきたのだ。

「もちろん、そのつもりです」

燕木の返答に、フランシアはまたもや安心した表情を浮かべる。

権力闘争などとは無縁の、心地よい環境で生まれたのだろうな、と燕木は彼女の純粋さを少し羨ましく思った。自分自身が、上層部から爪弾きにされた経験があるだけに、余計にそう感じた。

「奴の撃破が今回の航海の目的ですから。ですが……」

「ですが？」

「おそらく、次に正面切って戦ったら、我々は奴に勝てないでしょう」

加藤を除く自衛官達さえも、燕木のその判断には言葉を失った。

確かに、〝いぶき〟は辛勝に近い形であの戦いに勝った。だが、だからと言って次が勝てないと断言するのは行き過ぎではないか。

日本人の癖だった。一度そのやり方で勝ってしまうと、それを万能であると信じ込み、相手が違う戦術を取った場合の対処法を見つけられない。

燕木は、過去の日本海軍がその慢心の上に崩壊していったことも含め、次は正攻法では通じないと踏んでいた。

「通常砲弾では奴を倒せない。ＨＥＡＴ弾頭搭載の魚雷なら少しは効果があるが、当てるのは至難の業だ。で、これ以外に水中目標である奴に対する攻撃手段は、今のところない。

そして……」

　蕪木の言葉を、加藤が継いだ。

「奴が魚雷で痛い目にあった以上、同じような陽動作戦は通用しないと思われます。それに、海上へ誘導することも難しい。水中にいることが最も安全だと奴も薄々気付いている可能性があります。この、水上艦に不利な海域も問題です。奴が奇襲してきたら逃げ切れなくなる」

　つまり。

「現状では、奴を仕留められない上に、正攻法ではこちらが危ない」

　それが蕪木と加藤が出した結論だった。

　重い沈黙がその場を支配する。

「で、では……どう、すれば」

　フランシアが青い顔をして呟いた。

　蕪木は彼女に向かって冷静に答える。

「奴を海上におびき出すこと。まずこれが最低条件です」

　加藤が加わる。

「次に、無防備であること。これは難しいかもしれない」

　今回の戦いで魚雷を当てたときと、同様の状況を再び作り出す。それは、途方もなく難しいことのように思われた。

「その策を考えるために、今夜はここへ参りました」

蕪木は、正装ではなく、戦闘時の服装である鉄帽にライフジャケット姿で来た意味を、彼女らに教えたのだ。

「情報でも何でも、とにかくあるもの全てを考慮に入れて、作戦を立てる必要があります」

蕪木が切り出すと、マーフォーク戦士達が大きく頷いた。

「我らの命、カブラギ閣下に預けまする。必要とあらば、好きに使ってください」

「みんな……」

「フランシア陛下。我らは義に報いねばなりません。約束を果たしに、この死の海へと飛び込んできてくれた勇者達に対し」

フランシアは、部下達の決意に、時間を置いて首肯した。

「私も、国を負う者として、協力を惜しみません。なんなりとお申し付けください」

「感謝します」

蕪木が真剣な表情で感謝の意を伝えると、隣の海面で、激しく水音が上がった。

じゃぱ、と顔を覗かせた美しい少女が、陸へと這い上がってくる。

一同がざわめいた。

「ク、クリスティア⁉」

フランシアは、自宅謹慎させていたはずの我が子が姿を現したことに、度肝を抜かれたようだ。また勝手に抜け出してきたらしい。

「あ、私もっ！」

「え？」

びっくりして目を丸くする蕪木達の方へ一目散に近づくと、その濡れた手で蕪木の手を握りしめた。

「私も、何でもする！　命だって、懸けてやるわ！　セイレーンの巫女の務め、今こそ果たす！」

蕪木と加藤は、少女の熱意を前に、ただ顔を見合わせた。

夜が、深まっていた。

◇

その日の夕食はカレーだった。

海上自衛隊では、旧日本海軍の時代からの伝統として、金曜日には必ずカレーが献立に載る。長い航海の中で曜日感覚を失わないように、という配慮からきたものだ。そして現代において、この金曜カレーは、各艦で微妙に味付けの違う一種のグルメ競争の面を持った〝文化〟になっている。ここ、イージス護衛艦〝いぶき〟でも、それは例外ではない。

「……見たこともない料理だな」

「白い粒状の穀物の上に、何か濃いソースのようなものがかかってますわね」

内地軍の騎士達は、ステンレスの食器を前に、スプーンを手にして固まっていた。

香ばしい香りに食欲をそそられる。しかし慣れない食べ物の一口目は勇気がいる。特に、不様な姿を見せられない異国の船にあっては。

「あれえ、この世界って、カレーライスはないんですか？」

彼らの隣に、気さくな声を上げた一人の女が座った。

先程のボーイッシュな女性自衛官だった。ベリィショートの髪型だけではなく、女性としての身体のラインが出にくいブルーの作業服姿が、その少年らしさに拍車をかけている。

「かれえらいす？」

「そう。カレーライス。しかも〝いぶき〟特製カツカレーだよ！　あたし、これ食べたくて、この船志願したんだよなー」

「おめえが言うと冗談に聞こえねえよ」

体格の良い曹長が苦笑して隣に座る。

「ま、でもこのカツカレーは特に絶品だな。隠し味に、確か粉コーヒー入れてるんだっけか？」

カレーには、味のまろやかさを出すためにリンゴを入れたりするが、この〝いぶき〟ではそれがコーヒーなのだ。コーヒー好きの司令ともども、この船はコーヒーと縁が深い。

「実戦の後にカツカレーってのも皮肉ですよねぇ。勝つんじゃなくて、勝ったんだから」

女性自衛官はそう言ってカレーをすくい、口に入れた。

辛すぎず甘すぎず、それでいてしつこくない味が彼女の口内に広がった。良いカレーとはバランス感覚に長けたカレーである——この〝いぶき〟の給養員長の言葉である。

「……ごくり」

生唾を呑み込んだ騎士達は、おずおずと少しだけカレーをすくうと、口の中へと入れた。

「お、おお⁉」

「おいしい‼」

彼らは思わず声を上げた。

食欲をそそる絶妙な香ばしさ。薄すぎず濃すぎない見事な粘度のソース。最も的確な大きさに切られて煮込まれた野菜類。とろけるような牛肉。そして、からっと揚がったカツ。

騎士達がこの船に持参し、今まで食べていた口糧は、この世界での一種の軍用食、つまり日持ちする保存食がほとんどである。塩漬けされた干し肉や、堅焼きのパン、チーズにタマネギ。お世辞にも美味とは言いがたい内容である。だが、プライドの高さと、毒を入れられたらという警戒心から、今まで彼らは食堂を利用してこなかった。そこへ来てこの特製カレーである。人間、食欲には素直だった。

「ぬうう‼　か、斯様に美味なる料理は初めてだ！」

「本当だわ。今度、実家のシェフに作るように命じないと！」

若い彼らは、良い意味で素直だった。いや、ハミエーアがそういった若者達を人選したのだ。

海自隊員達は、彼らに向かって話しかける。

「お姉さんの家、シェフがいるんすか？」

「え？　え、ええ。私の実家は内地の南西自治領の近くですの。料理といえば南西ですもの。あのあたりの貴族は皆、腕の良いお抱えの料理人を探すのがステータスですのよ」

正真正銘の特権階級を目の前にして、自衛官達がどよめく。

「聞いたか？　貴族だってよお！」

「すっげえなぁ、お城とかあるわけ？」

長い航海の中で、話題に飢えている自衛官達は、矢継ぎ早に質問を浴びせる。騎士達も、おいしい食事に加えて、自分達を素直に称賛する異世界の人間達に気をよくした。

「城持ちはルシリューだったか？」

「外威が多かった時代の名残だ。今は番兵の代わりに鳥が住んでる」

どっと騎士達が笑う。つられて、わけも分からず自衛官達も笑った。『番兵の代わりに鳥が住んでいる』という表現は、この世界で貴族の没落を表す自虐的な皮肉の一つだ。館や城に使用人や兵士ではなく、鳥が住んでいるというのは、陸鳥や巨鳥を飼うのに小屋を作る金がないせいで、大事な館や城を当てているという苦しい財政事情を風刺している。

気がつくと、食堂はいつもより賑わっていた。客人の少ない自衛艦では、客が訪れるのは一大イベントなのだ。

そして、心が弾んでいるのは内地軍の若者達も同じだった。

「なんだ、話してみれば普通の連中だな」

「でも、貴族に対して少々慣れ慣れし過ぎやせんか？」

「馬鹿ねえ。きっと彼らも貴族なのよ。こんな凄い船に乗ってるのよ？　きっと彼らの国では、最も家柄と武勇の高い人達なのよ」

横で会話を聞いていた女性自衛官がけたけたと笑った。

「にゃははははは！　家柄ぁ⁉　地元で漁師継ぐのが嫌で海自入った曹長がぁ⁉」

「うっせえな！　おめえはおめえでタダで免許取れそうだからって、専門学校中退して入隊したくせに」

「いやーでもなんだか夢みたいだなぁ。海外派遣もそうだったけどさ、異世界に迷い込んじゃうなんて」

カッカッと残りのカレーをかきこみ、女性自衛官は苦笑した。

「あの街の人達を守るためにミサイル撃って、そんで今は、人魚さん助けるために怪物相手に魚雷かぁ……」

　自衛官達の表情が曇る。

　異世界で、日本や元の世界と関係のない人々を守るために、自衛官である自分達が武力を行使することは、果たして是なのか。それは、今もなお、答えの出せない問いだった。だが、この世界で本当の漂流者として朽ち果てるか、戦いに活路を見出すか。そう問われたなら、答えははじめから決まっていたのかもしれない。

「……帰れるのかな、私達？」

「よせよ。縁起でもねえ……」

　曹長も残りのカレーをかきこんだ。

　話に夢中になっていたせいで、いつの間にかライスがルウを吸ったカレーは、少しばかり不味かった。

　微妙な空気の変化だった。だが、むしろその空気の変化については騎士達の方が敏感だった。貴族階級として、相手の心理を読めるかどうかは重要な処世術でもあるのだ。

　しかし彼らは、異世界の人間にどんな言葉をかければいいかは分からなかった。

　ややあって、リーダー格の一人がおもむろに口を開いた。

「……一つ、聞いても良いか？」

「ん？　いーですよ、どうぞどうぞ」

「我らの民に、救いの手を……食べ物や、傷の手当をしてくれたというのは、真なのか？」

彼らは今まで、悪質な噂だと判断して、全く信じていなかったそのことを確かめようとした。いや、確かめるのではなく、確認に近かった。騎士達の中では、既に彼らはそういうものだという実感があった。図らずも、同じ釜の飯を食べた今は。

「え？　うん、災害派遣でしょ。したよ。ちょー大変だった」

「なぜだ？」

「へ？」

「何故、助けた？」

「助けて欲しくなかったの？」

騎士達は顔を見合わせた。

〝正義のため〟だとか〝人を救うことこそ神の道〟といった大仰な答えではなかった。

〝助けて欲しくなかったの？〟

それは、助けることをあまりにも当然のこととして行う人間の言葉だった。

千の言葉で飾られるよりも、それは彼らの心に響いた。

自分達も、貴族として誰かを守り、助ける立場にある。だが、それはあくまで封建制度の中に存在する、相手の服従を代価としたものだ。もしそういったものがなくとも、相手から感謝されることが前提である。

「まあ、助けて欲しくなくても助けなきゃなんないのが、私達の任務だしねー」

「助ける理由だの感謝されたいだの思ってちゃ、自衛官なんざやれんよ」

曹長はそう言って苦笑した。

軍隊であることを認められない勲（いさお）なき軍隊にあって、名誉という見返りを求めるのはタブーだった。その献身を、その危険を顧（かえり）みない勇（ゆう）を、誇ってはならないのが自衛隊だ。戦時中に落とされた不発弾の処理を行う部隊の危険手当が、一時間あたり百十円。一瞬のミスが死を招く危険と向かい合うのは、たった百十円の手当が理由ではない。それが任務だから。それが自分達の存在意義だからだ。

騎士達の中に、何か得体の知れない感覚が駆けめぐっていた。

「……貴公らは……」

青年が呟（つぶや）くように尋（たず）ねた。

「ん？」

「異界から呼び出されし、神の御使（みつか）いではないのか？」

彼らにとって、見返りなく誰かを救う存在は、『神』しかなかった。

だが、その神の御使（みつか）いはきょとんとした顔をする。

「今度は何？　しゅーきょーの勧誘？」

あっけらかんとした女性自衛官の言葉に、彼は思わず噴き出した。

（ここで、これ以上問い質すのも無粋か……）

彼は軽く頭を振ると、苦笑を浮かべて答えた。

「いや、我が領地には王都に劣らぬ教会があるので、そこへどうかと……」

「わお！　それってあたしを誘ってくれてんの？」

「良かったな松山、貴族の側室なら再就職先としちゃ上出来だ」

「ええーマジでぇ？　あたしお城に住めるのぉ？　船降りよっかなぁ」

「お前、日本の恥だな」

どっと笑いが起こる。

「あたし、松山彩。階級は海士長、所属は第五分隊の飛行科よ。よろしくね」

「ユラウスだ。内地軍白戦馬騎士団第三小隊の隊長をしている。会えて光栄だ、マツヤマ殿」

二人はごく自然に握手を交わした。ガントレットを付けた騎士と、Ｇショックの腕時計を付けた女性自衛官の手が重なる。

それを見た魔法騎士の女がおもむろに立ち上がった。

「わたくし、記念に歌いますわ」

「お？　ディアナの美声がここで聞けるのか？」

「特別よ。式典以外では、想い人の前でしか披露しないんですから」

妖艶に笑う美女の姿に、独身の隊員達が釘付けになる。

「何だか知らんが、盛り上がってきたな、おい」

「良いじゃないですか、曹長。最近、衛星放送見れないから、食堂にいてもつまんなかったですもん」

「それもそうだなぁ、おおいネエちゃん！　景気良いの頼むわ！」

「曹長のお許し出ましたぁ！」

曹長という、幹部でさえ蔑ろにはできない下士官のボスが乗り気になったことで、その場は一気に弾けた。

「あっちのテレビんとこにマイクなかったか？」

「カラオケ繋げよーぜ！」

「これで酒がありゃ、最高なんだけどなぁ」

ガヤガヤと、いつの間にか集まってきた野次馬の乗員達まで加わり、まるで宴会のような騒ぎになる。

「カレーのおかわりは？」

白いエプロン姿の給養員長までもが、彼らの前に立っていた。

「いただきますわ！　できればこの料理のレシピを！　い、いえ！　それだけじゃダメね！　ねえ、シェフ。私のお抱えコックになりませんこと？」

「定年後なら考えてもいいですよ」

全ての垣根が消え、その代わりに信頼感が芽生えていることに気付いたユラウスは、仲間を横目で眺めて苦笑した。

「……全く、異世界の者どもめ」

「とても、憎めぬ者達だな」

ヴィルヘルミーネが彼に語りかける。

「彼らがこの世界へ迷い込んだのは、偶然なのか、神の意思なのか……」

「後者を、俺は信じます」

この死の海で、新たな絆が生まれゆくのを確かに感じたヴィルヘルミーネは、その切れ長の目を細めた。

◇

いかに巨大な護衛艦とはいえ、限りあるスペースに大勢の乗員が乗る関係上、個室を持つことができるのは特別な立場にある者に限られた。例えば、蕪木のような司令官、艦長クラス、そして――

「射程距離……いや、ダメだ。これでは遠すぎるし、こちらの場合は近すぎる……」

作戦を立案する上で、最大限の集中力を発揮するため孤独になる必要がある、首席幕僚だ。六畳にも満たない部屋を薄暗くし、食事も摂らず、海図や報告書を前に、加藤はあらゆる条件を加味した上で作戦を立案していた。

今、食堂で和やかな騒ぎが起きていることなど知ることもなく、彼は集中していた。下士官が休むときに頭を使うのが幹部だった。

「どう出る？　奴はこの場合、どう行動する？　考えろ、何かあるはずだ……」

加藤は、未知の怪物を撃滅する作戦という、前代未聞の難題に取り組んでいた。

作戦のアイデア素案をいくつも書いては、丸めて放り投げる作業の繰り返しだった。のほほんとした普段の彼の態度から、この鬼気迫る形相を想像するのは難しい。

「逆の思考だ。どの状況を与えれば、奴は行動に移る？」

思考が堂々巡りを繰り返したところで、何かが見えた。

「そもそも、奴は何故この水底の王国に固執する？　エサなら外界の方が豊富なはず……」

そこへ至って、彼は大きく目を見開いた。

「生贄!?」

彼は、ボツにした作戦案を書いたコピー用紙の裏に、その文字を大きく書き殴った。

「生贄だ。これがあるから、奴はこの海域に固執する。水底の王国に固執する。人魚に……固執する」

そう呟いた加藤は、全身を凍り付かせた。恐ろしい作戦が、悪魔の囁きのように脳裏を掠めていった。

「いや、いやいや……」

彼は天井を仰ぎ見ると、椅子の背もたれに全身を預けた。

一度、頭の中を真っ白にする。

（仮に、あくまでも仮にだ。作戦として、成功する確実性からすれば、その悪魔の囁きは何点だ？）

加藤は自分のクズさ加減を把握していた。だが、首席幕僚――世が世なら、参謀と呼ばれるべき立場の人間は、そのクズさを持ち合わせていることが、時には必要とされる。自分は、そのためにいる。

勝利への可能性が少しでも高い作戦を提示することが、自分の任務だ。

「……司令は、怒るな、絶対」

だが、ペン立てから赤い太マジックを手に取った。

そして、大きな文字で紙に書き、丸で囲んだ。

『作戦名・セイレーン』

# 第7章　戦海にたゆたう歌

時刻は深夜に差しかかっていたが、首席幕僚の個室には明かりが灯っていた。

コーヒーカップを机の上に置く無機質な音が静かに響く。

加藤の目の前には、蕪木が座っていた。彼もまた、時間を惜しんで作戦立案の進捗状況の確認にやってきたのだ。

当直の者を除いて、寝静まった艦内。その静寂の中に二人はいた。

作戦素案をコピーした書類に目を落としていた蕪木が、じろりと鋭い視線を加藤へ向けた。

「この作戦、俺が許可すると思ったか？」

加藤はその低い声に一切動じなかった。

「司令が私に命じたことは〝あらゆる手段を考慮に入れて敵を確実に殲滅する作戦を立案せよ〟です。私はその命令に従ったまでです」

「貴様は、屁理屈は言っても、詭弁は言わんと思っていたが」

「それは屁理屈でも詭弁でもありません。私がベストであると考えた、正式な作戦案です」

「……水底の王国の人間に、死ねと命じる作戦だぞ」

蕪木は激昂こそしなかったが、作戦素案を机の上に放り投げる動作の中に、怒りともつかぬ複雑な感情が垣間見えた。

「放っておいても、どの道死にます。意味ある死か無意味な死か。私なら前者を選択します」

「彼らに、この作戦を呑めと？」

「信じるしかありません。犠牲もなしに、全てが得られるほど実戦は甘くない。そのことは彼らも分かっているはずです」

「それを前提としてこの作戦を突きつけるのは、ただの脅迫だ」

加藤は立ち上がると、必死の表情で詰め寄った。

「全責任は私が取ります。司令は反対しているという立場を貫いてくださって結構です。ですが、まず彼らにこの作戦が必要であると、私に説明させてください」

首席参謀として、この作戦に全てを賭けるつもりでいた。

だからこそ、ここで折れるわけにはいかない。意地ではなく、それこそが人魚達を救うのだと信じているからできることだ。本当に彼らのことを守りたいと思っていなければ、口当たりの良い作戦を適当にでっちあげれば良い。

加藤の気迫に、蕪木は押し黙る。

しばしの沈黙。

そして、彼は首を横に振った。

「いや、それはダメだ」

「ですがっ！」

「組織において、下の者の責任を取るのが上の者の責務だ。貴様の責任だけにはできん」

加藤は力なく椅子にへたり込んで、目を閉じた。

燕木は、コーヒーカップを机から取り上げた。

「だから、俺からもこの作戦について説明させてもらう」

加藤はゆっくりと目を開き、目の前の司令を見つめた。

燕木は、いつもと変わらぬ表情のまま冷めかけのコーヒーをすすっていた。

「ありがとう……ございます」

「ふぅ。まあ、いい。説明までなら構わんだろう」

燕木は制帽を手に取って被り直すと、ゆっくり立ち上がった。

「作戦案を練り上げろ。無茶をする以上、どんな些細なミスも許さん。……こういうときの貴様の底力を、俺は何だかんだで信じている」

そう言い置いて、燕木は出ていった。加藤は苦笑する。

自分のような、日本の組織には馴染めない人間を理解し、活用してくれる上官がいてくれることを、心底感謝する。

時間は限られていた。加藤は胸元のボタンを外し、ペンを手に取り、机に齧り付いた。

◇

翌朝――

イージス護衛艦〝いぶき〟から作業艇が下ろされ、神殿へと向かった。

薄い霧がかかった、曖昧な朝の世界。

作業艇のエンジン音に飛び起きたのか、海面に無数のマーフォーク戦士の顔が現れる。

「カブラギ将軍。ご予定通りでございますね」

パッと表情を輝かせて若い戦士が声を上げる。

「朝からすまないね」

「と、とんでもございません！　すぐにご案内いたします。こちらへ」

パシャ、と波飛沫を上げて泳ぎ出し、彼女は作業艇を先導した。

「奥で女王と姫がお待ちです」

「ありがとう」

蕪木と加藤、そして数名の幕僚は、アタッシェケースやプロジェクター、スクリーンなどを抱えて神殿へ入った。その奇妙な持ち物を抱えた一団を、マーフォーク戦士達が不思議そうに見送る。

そんな自衛官達を目を丸くして迎えた女王は、作戦の説明のためと聞き、固唾(かたず)を呑(の)んでセットアップが済むのを待った。

徹夜明けで疲労の滲(にじ)む、それでいて鋭さを増した加藤の視線が、睨(にら)むように女王を捉えた。

「これから、作戦を説明します。しかし、この作戦には水底の王国の協力が不可欠となっています。よろしいですね？」

「はい。あなた方の作戦ならば、どんなものでも受け入れる心づもりですわ」

フランシアの微笑(ほほえ)みで、加藤の胸に罪悪感が過(よぎ)った。が、すぐに気を取り直して説明に入る。

プロジェクターが起動して、作戦の概略(がいりゃく)がスクリーンに映し出された。

人魚達がその映像装置にざわめく。

「オペレーション〝セイレーン〟の説明に入ります」

加藤が指示棒を手に説明を開始する。

「この作戦は、レヴィアタンを海上に誘導し、かつ一定箇所にて足止めし、油断させ、そこを大火力によって撃滅する作戦であります」

彼はパワーポイントで作成した作戦の要旨(ようし)を映し出す。人魚達にも分かりやすいように、簡単なアニメーションや図を使った資料だった。

「次にその内容です。いかにして奴を油断させるか」

加藤はそこで一度、蕪木に視線を走らせた。

蕪木が静かに頷き、それを確認した加藤が告げる。

「――奴の油断は、生贄を用意することで作り出します」

人魚達に悲鳴にも似たざわめきが起こった。

両手で口を覆ったフランシアの顔が、蒼白になる。

加藤はそれを意に介さず、冷静に言葉を続ける。

「奴には、人魚を食べることへの執念が見受けられます。二ヶ月もの間、この海域に留まり、外界へ出なかったのは偶然とは思えません。生贄を用意すれば、引き寄せられる可能性は高いと判断できます」

フランシアは、そんな加藤を呆然と見つめていた。

何でも協力すると約束した。だが、この要請を呑むことは、生贄を差し出すことに他ならない。

生贄の順番で言えば、それは――

そのときだった。

「私の出番ってわけね！」

クリスティアの歯切れの良い声が響いた。

「クリスティア⁉」

フランシアが止めようとするのを制し、クリスティアは加藤の方へ尾をくねらせて歩み出た。

「私はセイレーンの巫女。〝セイレーンの呼び声〟を歌えば、奴はきっと出てくる」

「セイレーンの呼び声？」

「そう。船乗りを死の世界へ導くって人間の間では言われてる、導きの歌。本来は、海の神様に捧げる賛美歌なんだけどね」

胸を張るクリスティアに、加藤がどこか気乗りしない表情で問いかける。

「……良いのかい？」

「何が？」

「生きて帰れない可能性があるんだ」

「なら、生きて帰れる可能性だってあるんでしょ？」

加藤は言葉に詰まった。

「大丈夫。信じてるから……」

クリスティアはじっと加藤の目を見つめた。

メガネの奥にある瞳に、迷いが、罪悪感が、微かに宿っているのを、彼女は見抜いていた。

だからこそ、信じられる。

この、死の海域にやってきてくれた、英雄達を。

「きっと、守ってくれるって」

「自分は、伝説の英雄なんかじゃありません。確約は、できない」

加藤は彼女の純粋な瞳(ひとみ)を直視できなかった。

すると、横にいる蕪木が口を開いた。

「だが、最善は尽くす。それは確約しますよ」

クリスティアがにっこりと蕪木の言葉に笑う。

「ですって、お母様。何も心配いらないから」

「クリスティア……」

「姫様……」

人魚達が自分の姫に向かい、複雑な表情を向ける。

「そうそう、カトー様。人魚の肉に執念(しゅうねん)があるって話、その通りだよ」

「え？」

「人魚の肉はね、万能薬の素(もと)になるし、その肉を口にすることで不老不死になることだってあるの」

「な……!?」

自衛官達は、そのあまりにも突飛な理由に息を呑んだ。

フランシアが、力なく言葉を継いだ。

「……我々マーフォークが、何者も寄せ付けないこの海に国を作ったのは、そのためなのです」

自衛官達は、その言葉に背筋が寒くなった。彼女らが〝乱獲〟されていた過去の光景を想像したのだ。

「奴は今、貴方達との戦いで傷を負っている。だから、それを癒すためにも、絶対にまた人魚を食べにやってくるわ」

クリスティアの声には確信があった。

「カブラギ将軍、それにカトー様……」

彼女は優しげな表情で二人を見た。

「私がもし死んじゃったら、その肉、みなさんに差し上げます」

それは伝説の英雄に対して、巫女が見せた最後の礼だった。

傷ついた英雄に、巫女は瀕死の自分の身体を差し出すのである。

「司令、不老不死になれるそうですよ」

加藤が引きつった笑顔で隣の上官に言う。

「……あいにく、いらんね、それは」

燕木は苦笑する。

クリスティアは目を丸くした。

人魚の肉は、過去に世界の半分を手にした覇王(はおう)でさえ渇望(かつぼう)した代物(しろもの)だ。ひとかけらだけでも、国が傾くほどの高額な値がつく。

そんな人魚の肉を欲さず、それどころか困った表情を浮かべている人間など、想像もできなかった。いや、人魚達のことを思い、紳士的に断るのならまだ分かる。だが、困ったような顔をするのはどうしてだろう。

クリスティアを含め、人魚達の疑問の顔に、燕木はため息をついた。

「そんな、いつまで経っても定年退職できなくなりそうなモノは、お断りだ」

◇

作戦はすぐに実施された。

レヴィアタンが次に意表を突いた行動を起こす前に、先手を取る必要があった。

戦争の勝敗とは、敵に与えた損害の大小ではない。相手の思い通りにさせず、自分の思い通りにどれだけ事を進めることができたかが、勝敗を分ける。

霧が晴れず、視界の悪い海の波間にぽつんと存在する岩礁(がんしょう)に、少女はいた。

巫女の装束を纏い、身体に蒼い塗料で巫女の紋様を描いた彼女。

クリスティアだった。

彼女を、同じ岩礁の少し離れた場所から、高倍率の双眼鏡と、霧が濃くなった場合に備えての赤外線探知装置で見守る一団がいた。

「クリスティアちゃん、聞こえるかい？」

その一団の一人、加藤が無線機で呼びかける。

地上部隊の指揮官として同じ岩礁に潜むことが、危険を背負い込ませる少女に対する、加藤なりの責任の取り方だった。

『カトー様？　すごい、本当に側にいるみたいに声が聞こえるのね』

双眼鏡の向こうでは、おずおずと無線機を手にする人魚姫が見える。

可憐な人魚姫が軍用の無線機を手にしている光景は、なかなかシュールなものがあった。

「ああ、そっちからは見えないだろうけど、ちゃんと見守ってるよ。だから……」

『分かってる。寂しくない。一人じゃないんだね』

加藤は、そんな彼女の健気さに、ああ、と少し躊躇ってから答えた。

「そろそろ〝いぶき〟がスタンバイを完了する。そうしたら、〝セイレーンの呼び声〟を頼む」

『うん、任せて！　歌だけは得意なんだ！』

加藤は交信を終え、岩陰に背中を預けた。

今の彼は、黒い戦闘服を着ていた。

一緒にいるのは、同様の格好をした立検隊隊員達だ。

立検隊とは、普段は一般隊員として勤務しているが、不審船への臨検など、陸戦隊的な任務が生じた場合に招集される、護衛艦の非常要員のことである。

「――にしても、話がややこしくなったな、おい」

そう加藤がぼやく。

黒色で統一されていたはずの隊員らに交じり、カラフルな甲冑が場を乱している。

内地軍の騎士達だった。

「そう邪険にしないでいただきたい。カトー殿」

ユラウスが困ったような表情で言った。

「分かってるよ。もしものときは、彼女を頼む」

加藤は慣れない手つきで、陸自が使用している89式小銃ではなく、旧式の64式小銃を抱えた。89式小銃は予算の関係で陸自以外には配備されていない。デスクワークばかりで、銃を手にしたのは何年ぶりだか分からない。そもそも、海上自衛隊で銃が必要な場合など限られている。

そんな自分に比べたら、協力を申し出てくれた内地軍の騎士達の方がよほど頼りになりそうに思えた。特に、クリスティアを守る手段として。

ユラウスは仲間に確認を取った。

「ディアナ、障壁魔法の準備はできてるな」

「ええ。彼女がいる場所に即座に展開できるよう、陣を描いておいたわ。もしものときは任せてちょうだい」

魔法騎士が自信に満ちた表情で胸を張った。

障壁魔法は、防護対象の周囲に不可視の壁を作り、敵の攻撃を防ぐもの。術者の魔力にもよるが、離れた場所からの暴風や破片なら、十分にクリスティアを守ることができるだろう。

「ありがとう、正直、奴に食われそうになるにせよ、攻撃に巻き込まれるにせよ、彼女を守る手段は手詰まりだったんだ……」

加藤は苦笑してディアナを見た。艶めかしい美女が髪を掻き上げる。

「あら、あれだけの軍船を持っている国なのに、魔法騎士の一人もいないなんて意外ね」

「我々の世界には魔法そのものが存在しませんからね」

「え？　あの軍船が動いてるのは魔法じゃなくて？」

「あれはエンジンに燃料を入れてですね……って、今こんな話してる場合じゃないや」

加藤は双眼鏡を覗き込んだ。

間もなく、彼女が歌い始める。

どれくらいの時間で奴が現れるかは分からないが、彼女が歌い始めたら、いつ現れてもおかしくない状況になるのは確かだった。

……ラ……ラ……

霧の中、旋律が静寂の海に響いていく。

人間にとっては、船乗りを死の世界へと誘う歌声。

この歌声が運んでくるのは、自分達の死か、それともレヴィアタンの死なのか、加藤は考えた。

◇

「歌が、聞こえます。オペレーションを開始した模様」

イージス護衛艦〝いぶき〟のＣＩＣ内で、ソナーマンが聞き耳を立てている。

蕪木はその報告に頷いた。

隊員らの顔にも、緊張の色が浮かぶ。

一人の少女が、自分達を信頼して命を懸けている。

遠くから響くその歌声は、自分達が守らなければならない証に聞こえた。

蕪木が冷静な声を発する。

「総員、状況開始」

〝状況〟とは、自衛隊の演習などで行われる作戦や、付与される想定を表す用語だ。実戦時をどう表すのか規定のない、戦時を想定していない自衛隊において、作戦開始はそのまま「状況開始」で示される。

ＣＩＣの中で口々に復唱の声が上がった。

「状況開始！」

「状況、開始ぃ！」

蕪木は士気旺盛（おうせい）な部下達を信頼すると同時に、彼らの肩に力が入りすぎていることを懸念する。確認の意も兼ねて、隣の砲雷長へ言った。

「砲雷長、今回の作戦において、〝いぶき〟は純然たる射撃用のプラットフォームに過ぎない」

「分かっています」

「イージス艦としては本来の運用方法かもしれん。我々の任務は、彼女とは離れたこの場所から、あくまで火力を指定目標に対して正確に投射することのみを、確実に行うことだ」

「はっ！」

「大丈夫だ。〝いぶき〟を最も知っている皆なら分かるだろう。自衛隊の伝統、正確無比な射撃精度に磨（みが）きをかけたのが、この艦だからな」

乗組員達の顔に笑みが浮かんだ。日米合同演習において、七割当たれば優秀だと評価される射撃訓練で九割を超える命中スコアを刻み、米軍の度肝を抜いたのが、この〝いぶき〟である。自分達は〝いぶき〟が最高の艦であると知っている。信頼している。それだけで十分だった。

「さあ、人魚姫をお守りするぞ。これでこの艦も、税金の無駄飯食らいから白馬の王子様に格上げだ」

隊員達が笑いながら互いに顔を見合わせて、頷きあった。

今まで演習では、守るべきものなど存在しなかった。だが、今は違う。

自衛隊の戦闘艦全てに付けられる〝護衛艦〟というカテゴリー。その言葉通り、今の自分達には、守らなければならないものが確実に存在する。

隊員らの顔には、静かな覚悟が見て取れた。

先刻から、スピーカーに乗って微かに聞こえる、あのか細い、しかし美しい歌声を守るために、自分達は全力を尽くす。

「……っ!?　ソナー感有りっ！」

ソナーマンが叫んだ。

作戦開始から間もない動きに、蕪木の脳裏に嫌な予感がした。

「防護対象との距離は？」

「およそ六マイル！　ゆっくりとですが、接近しつつあります！」

傷を負っているから緩慢な動きなのか、あるいは警戒しているのか。

後者であった場合は、加藤の立てた作戦が的中したことになる。

『今作戦では、〝いぶき〟は前線から外します。奴は自分に深傷を負わせた〝いぶき〟を警戒するでしょう。憎んで向かってくる可能性も捨てきれませんが、どのみち、今作戦の目的からすれば、奴には油断してもらわなければ意味がない。よって、〝いぶき〟は即座に火力を投入できる位置まで、後退させます』

この状況ならば、レヴィアタンはエサを求めていると推測する方が正解だろう。〝いぶき〟が近海にいては、警戒して寄ってこない可能性があった。

「……加藤二佐に連絡。目標、活動開始」

「了解！　目標の接近を報告します！」

燕木は通信士に加藤への連絡を伝えると、砲雷長へと向き直り、戦闘の開始を命じた。

「対水上戦闘、用意」

◇

「加藤二佐！　〝いぶき〟より通信が入りました！　目標、活動開始。現在微速にて防護対象へ向かって接近中！」

通信機を地面に下ろして〝いぶき〟からの交信を待っていた部下が、加藤を呼んだ。

「いくら何でも早いな。執念があるとは思っていたけど、ここまでのものとは」

加藤は緊張すると共に、展開の早さに首を捻った。

クリスティアの言っていたことが本当なら、確かに傷を早く癒すためには人魚を捕食する必要がある。どうやら、奴は少なからず追い詰められているようだ。

加藤は決戦が近づいていることを悟りつつ、クリスティアとの小型通信機を手に取る。

「クリスティアちゃん、歌ったままよく聞いていてくれ。奴が動き出した」

『っ！』

クリスティアは一瞬、息を呑んだようだったが、歌声は続く。

「奴をギリギリまで引きつけて欲しい。それこそ、君を食べようとするくらいに接近するまで」

加藤の非情とも言える指示に、隊員の何人かが非難めいた視線を送る。

それを意に介さず、加藤はクリスティアだけに向けて言った。

「大丈夫、精鋭の騎士さん達もいるんだ。魔法で守ってくれる。君の安全は万全だよ」

気休めなのは誰にとっても明らかだった。

それは、加藤も承知している。だからこそ、最後に一つ自らの願いを伝える。

「それでも、もし君を守りきれなかったら、僕を恨んで欲しい。僕、ただ一人を」

双眼鏡の先、薄く霧のかかった風景の中、一度、加藤の方を向いたクリスティアは、微かに笑ったように見えた。

「っ！　来た、来ました‼　十時の方角です！」

海を監視していた隊員が叫ぶ。

加藤も慌てて確認する。するとそこには、海面を不自然に盛り上げながら、こちらの岩礁へと接近してくる何かがあった。明らかに普通の海棲動物ではない。それは、あまりにも巨大だった。

加藤を含むその場の全員が、本能的な恐怖に襲われた。

護衛艦という科学の城に守られていない露天にあって、それはどうしようもなかった。人間という存在は、生身一つでは矮小なのだ。

「まだか……早く面ぁ見せろ」

加藤は赤外線暗視装置で前方を睨んだ。

レヴィアタンを観測し、護衛艦に正確な位置を報せなければならない。

この近辺には岩礁が多く、対艦ミサイルを撃ち込むための火器管制レーダーの照射が難しい。そのため、観測部隊によってある程度の座標絞り込みを行う。〝いぶき〟の搭載する90式艦対艦ミサイルは、発射後は事前入力された目標方位や距離データに従い独立して目標近傍まで飛行する。そして最後に、ミサイル弾頭自体のレーダーで目標を確認、識別し、突入撃破に至る。

これは、母艦のレーダー誘導に頼らずに済む、いわゆる撃ちっ放し可能という利点を持つ。

だがこの場合、入力する座標データが粗いと、誤差修正範囲外にミサイルが飛んでしまい、ミサイルの弾頭レーダーが目標をロストしてお終い、という危険性もはらんでいる。

そのため、ミサイルのレーダーが目標を捉えられるよう、レヴィアタンをおびき出す必要があった。さらに言うと、奴をできるだけ動かさず、潜水をさせないことも大事である。

その結論が、この作戦だった。

「頼む……クリスティア」

彼女は恐怖に屈さずに歌い続けている。加藤には、それが悲痛だった。

海面は不自然な盛り上がりから激しい水飛沫を上げ、やがて凄まじい水音を滝のように響かせた。そして、それは現れた。

ギュオオオオオオオオオオオオン‼

歌声さえもかき消し、全てを食らい尽くす雄叫びだった。

振動がビリビリと万物を震わせる。

岩陰に隠れた加藤達も、一瞬身を伏せ、恐怖に震えた。

こんな怪物を倒せるのか？

誰もがそう感じた。

勝てると理論上は確信しているはずの加藤でさえ、逃げ出したい感情に負けそうになる。

だが――

「彼女、まだ歌い続けている!?」

誰かがそう呟いた。

加藤はハッと顔を上げ、情けなくズレたメガネの位置を戻しながらクリスティアを見た。

彼女は歌っていた。

徐々に迫る邪神の咆哮に負けまいと、必死に歌っている。

全てを食らい尽くそうとする貪欲な力に、ただ一人で抵抗している。

そんな健気な彼女を、レヴィアタンの目が捉えた。

「させない！」

加藤は部下から通信機をひったくるように手に取った。

「ディスイズ、リコンチーム！　目標インサイト！　〝いぶき〟に火力支援要請！　ポイント、アルファ、ブラボー、チャーリーの三角内！　キルゾーンど真ん中！　効力射で頼む！　オーバー！」

海自特有の文頭末尾を英語で発音する通信を終えると、〝いぶき〟から返信がきた。

『いぶき了解、こちらのレーダーでも微かな反応だが捕捉。これより火力支援を行う。発射弾数二発(ふたはつ)。目標の動向を監視せよ。オーバー』

——グルルルルゥ……

加藤はまだ距離があり、霧に覆われて細部の判然としないレヴィアタンに、違和感を抱いた。

様子がおかしい。どこかふらついているように見える。

彼は双眼鏡の倍率を上げて確認する。

腹部に、魚雷によって穿(うが)たれた傷跡があるが、驚いたことに、そこは既に治癒(ちゆ)しかかっていた。

しかし、レヴィアタンの顔を見て、彼は愕然(がくぜん)とした。

白目を剥(む)き、口からは汚(きたな)らしいヨダレを垂(た)れ流している。それが海に落ちて音を立てた。

「まさか、こいつ⁉」

加藤の頭の中で、恐ろしい仮説が組み立てられた。

クリスティアは言っていた。人魚の肉は万能薬の素(もと)になり、食せば不老不死になることもある。

だが——と加藤は思う。

そんな凄(すさ)まじい効果のある肉だ。普通、常食するようなものではない。

ならば、その肉の味に溺れ、たらふく食べ続けたら、一体どうなるのか？

推測の域は出ない。しかし、あれだけの怪我が短期間のうちに治癒しかかっているのを目の当たりにして、彼は確信した。

「あいつ、人魚の肉の中毒になってるのか!?」

前回交戦したときのような思慮が、今の奴には感じられない。正気ではないのだ。

レヴィアタンは、目の前で歌う何かが、自身の欲しているものであると認識し、狂喜の雄叫びを上げた。

加藤はもう怯まなかった。

「ミサイルが来るぞ！　奴の動きに変化があれば座標修正だ！」

「りょ、了解！」

加藤はキルゾーンを記した海図とレヴィアタンの位置を見比べた。

「そこは、今までお前が供物を食い散らかしてきたエサ場じゃない……」

目の前に広がる、死後の世界のような海を睨んで呟く。

「そこは〝いぶき〟の予測攻撃圏内だ」

クリスティアもまた、恐怖と戦っていた。

楽園であったはずの故郷を破壊し、かけがえのない家族と友人を食らい尽くした恐怖の象徴に、一度は諦めたはずの憤怒がこみ上げる。

「同胞の魂がお前を止める！　異世界の英雄が、お前を滅すわ！」

最後の歌を終え、彼女は怒りと悲しみをもって叫んだ。

涙が頬を伝う。目の前の邪神は、ああなるほど自分の大切な人達を食らってきた。正気を失い、それと同時に不死の存在になろうとしている。

奴を滅するには、もはや一つしか方法はない。心臓を射抜いても、奴は再び蘇る。人魚の肉を食らった者は、首を落とすか頭を潰すしか、息の根を止める方法がない。それが度しがたき欲望に囚われた者の必然か、あるいは食べられた人魚の呪いなのか、定かではない。

ふいに、クリスティアは気付いた。

（そう、そうなのね……）

彼女は微笑む。

（ずっと、退屈だって思っていた）

でも違う。

自分には、生きてきた意味も、死んでいく意味もある。

（私、英雄と共に邪神を倒す宿命だったのかな？　ふふ、なんだか伝説の巫女よりも凄いことしちゃってる）

悲しみや怒りに昂ぶっていたはずなのに、今は不思議と心が澄んでいた。

もし、奴に食べられて死んでも、異世界の英雄達が仇を討ってくれるだろう。だから、母なる海に還ることはできそうだ。

なら、何も心配することはない。

ここは、自分の故郷なのだから。

ゆらゆらと陽炎のように焦点の合わない目で睨んでいるレヴィアタンに、彼女は戦いを挑むように毅然と向き合った。

そして——

「カトー様！　奴の頭を狙ってぇ！」

クリスティアは無線機に向かって絶叫する。

その瞬間だった。

風を切る鋭い音があたりに響き、何かが頭上を横切った。

それが何なのか、加藤は即座に理解し、無線機に叫ぶ。

「まずい！　クリスティア！　伏せろぉおおお！」

同じく、頭上を横切った物体の正体を悟った部下の一人が、周囲に警告した。

「対艦ミサイル飛来っ！」

霧の闇を切り裂き、目標の直前でホップアップする巨大なミサイルの姿が、ターボジェットエンジンの火焔に照らされて確認できた。

まるで電柱が飛んでいるかのような巨大なミサイル。90式艦対艦ミサイルである。アメリカ軍のハープーン対艦ミサイルの後継として、日本が独自開発した純国産の対艦ミサイルである。

弾頭に百五十キロの高性能爆薬を充填し、半HE弾機構を持つ、自衛隊が所有するミサイルの中ではトップクラスの破壊力を誇る代物だった。

97式魚雷の炸薬量は五十キロ。単純に比較はできないものの、炸薬量で言えば、このミサイルの破壊力は、一発で魚雷三発分を超えていた。これが命中すれば、現代艦艇は一撃で轟沈する。

だが、それは着弾点に近いクリスティアにとって、起爆時の衝撃波だけでも即死しかねない危険性を孕んでいた。

「クリスティアァー!」

普段は温厚な加藤の叫びが、戦海と化した霧の海にこだました。

◇

クリスティアは目の前の光景を、夢の出来事のように見つめていた。

時間の流れ方が、ひどく遅い。

目に映るものすべての動きが、緩慢だった。

巨大な顎を開き、自分を食らおうとする正気を失った邪神の顔。

そして、その巨大な顎の中に飛び込む、天空から降ってきた、神の銛。

神の銛は、一本は恐怖を撒き散らす邪神の喉を貫き、もう一本は全てを食らう顎を砕き貫いた。

光の尾を力強く滾らせた神の銛は、邪神を、狩られた魚同然の姿にした。

自分に起きたことが信じられず、激痛に邪神がのたうつ。

突き刺さった神の銛。その光の尾が、役目を終えたように途絶えた。

そして——


目標の装甲を貫徹、内部に到達したと判断した二発の90式艦対艦ミサイルは、弾頭の百五十キロに及ぶ高性能爆薬を起爆させた。

合計三百キロの爆薬の炸裂が起こした衝撃波と爆炎が、あらゆるものを破壊する凶器となってあたりを満たした。


「あ……」

クリスティアの眼前で、邪神の頭が炎に包まれた。

神の銛が全てを焼き尽くす浄化の炎を出したのだ。

猛烈な内からの力に、邪神の頭が消し飛んだ。巨大な炎と、衝撃が広がる。

その瞬間、自分は死ぬのだと、彼女は理解した。

恐怖はなかった。

役目を終えることができた。安堵感だけが胸に残る。

彼女は心の底からそう思った。

（良かった……）

（これで、先に逝ったみんなのところへ胸を張って行ける……）

そんなことを思いながら、目を閉じようとした。

しかし、一瞬、燃え上がる炎の塊と化した邪神の中から、何かが溢れ出てくるのが見えた。

（……え？）

彼女はその光を凝視する。

淡く、儚げに光る無数の光の筋が、天に向かって昇っていく。

（あれは……あれは……！）

クリスティアは身を乗り出して、その光を見つめた。

「レヴィアタンに食べられた人魚達の魂の灯火……！」

浄化の炎に解放され、魂達が天へ還っていく。

クリスティアは、その灯火に向かって叫んだ。

「待って！　もう少しで私も一緒に行くからっ！」

あそこには、みんながいる。

子供の頃遊び相手になってくれたお姉さんも、自分の頼みで武芸の稽古をおっかなびっくりつけてくれた戦士も、幼馴染だった同い年のあの子も……

みんな、みんな待っていてくれる。

『――いいえ、我らは姫様とはご一緒できません』

「え……？」

誰とも知れぬ優しい声が、彼女の脳裏に直接語りかけた。

そして、邪神から溢れ出る光の筋が集まり、一つの明かりとなって彼女を包み込んだ。

「待って!!　私は――」

『諦めるのですか？』

「え……」

『あそこまでして貴女を守ろうとしている人達を置いて、諦めるのですか？』

「え……？」

クリスティアは声に促されるように振り返った。

「……カトー様？」

そこには、部下に取り押さえられながら、必死になって叫んでいる男の姿があった。

彼の声は、ここへは届かない。だが、何を言っているのか、分かる。

〝クリスティア〟

自分の名を必死になって呼んでいる。

彼女には分かった。あの人が、自分を捨て駒やエサとしてここに置いたわけではないのだと。ただ、邪神を倒すために、そうするしかなかったのだと。

そんな彼が、自分の作戦のせいで私が死んだと知ったら……

胸が痛んだ。

そうだ、あの人達は、見ず知らずの自分達のために来てくれた。

見返りも求めず、この世に二つとない至宝であるはずの人魚の肉さえ断り、命を懸けてくれた。

あの人達は、私が死んだらきっと悲しむのだろう。

守るべきものを守れなかったと、悔いるのだろう。

あの彼を見れば分かる。

そうだ。

自分一人の、命じゃない——

「ねえ……」

自身を包み込んでいる仲間達の魂を抱くようにして、彼女は呟いた。

「私は、生きていいの……？」

『我らが死したのは、ただ貴女に生きていて欲しかったからです』

「そう……」

クリスティアは、時間がないのを分かっていながらも、沈黙せずにはいられなかった。

だが、全てを振り払う決意を胸に、彼女は顔を上げた。

「英霊達よ、あなた達の死は無駄ではなかった。私は巫女として、永遠にあなた達を悼み続ける」

彼女は伝説の巫女のように毅然とした。

そして、仲間達の思いに応える。

今度は自分の番なのだ。今、自分はあの人と同様に、過酷な命令を下す。

「だから最後に、あの人達のために……」

部下に止められ、子供のように叫んでいる彼を見る。

あの人のために、自分は生きなければならないのだ。

彼女は小さく息をついた。そして吐息とともに言った。

「私を守ってください」

巫女の命に魂達が震えた。

◇

「くあぁっ‼　だ、ダメだわ！　防ぎきれないっ……！」

障壁魔法を詠唱した魔法騎士のディアナは、苦悶の表情を浮かべた。

クリスティアとレヴィアタンの距離は、あまりにも近かった。

ミサイルの爆風をもろに食らっている。

彼女は、若いが優秀な魔法使いだ。普通の戦場ならば、誰かを魔法でサポートするのは朝飯前である。

だが、戦闘艦を轟沈させるほどのミサイルの爆風と破片を、全て防ぐのは無理だった。

ガラス玉が砕け散るような感覚に襲われた。

障壁魔法が破られてしまったのだ。

「あうっ⁉」

全力を出しきった彼女は、その反動にはね飛ばされ、地面に叩きつけられた。

「ディアナ⁉」

「しっかり！」

「救護班！」

騎士と自衛官らが慌てて彼女を抱き起こす。

「だ……めだった……」

荒い息をつきながら、苦しそうな顔をする。

ディアナの介抱に皆が気を取られる中、加藤が地面にへたり込んで呆然と爆煙に遮られた風景を見つめていた。

部下と揉め、爆風に煽られ、鉄帽は脱げ、戦闘服はボロボロだった。邪神を仕留めることに成功した者の姿だと、想像できる者はどこにもいないだろう。

彼は、息をするのも忘れていた。

自分の作戦で犠牲が出るのは、演習では珍しくなかった。

だが、それはあくまで演習での話。

実戦で、自分の立てた作戦で、しかも非戦闘員を死なせた。

彼はそのとき、自分が取り返しのつかないことをしたのだと、初めて実感した。

理解はしていた。覚悟もしていた。

だが、それができているからといって、苦痛を感じないわけはない。

彼は最後に、悲鳴のように叫ぶ。

「クリスティアァァー！」

64式小銃を投げ捨てて立ち上がり、不安定な岩礁をよろよろと不様に走った。

未だ肉の焼ける臭いが充満する、爆心地へと向かう。

「クソっ！　くそっ！　なんでだ⁉　なんでこんなにあっさり……」

こんなにあっさり、なんだと言うのか？

対艦ミサイルの爆風を受ければあっさり死ぬのは、誰よりも分かっているはずではないか。彼は自分で自分を殴りたい衝動に駆られた。

やがて、走るのをやめた。そして歩くのもやめた。

（……死体を探したところで、見つからないのは自分が一番よく分かっているだろう？）

がくりと膝を突き、彼は意味もなくメガネを外した。

『加藤二佐！　何してるんですか！　〝いぶき〟から通信が……』

チョッキに装備している無線機ががなり立てている。

彼はそっと、トークボタンを押す。

「……目標の撃破を確認した」

彼は、メガネをかけずとも分かるほど巨大な死体を前に、感情のこもらない声でそう言った。そして無線機の電源を切った。

穏やかな潮騒の音が響いている。

「クリスティア……仇だけは、何とか討ったよ」

加藤は小さく呟いた。

「すまなかった……」
誰に向かうでもなく、頭を下げる。
彼女は約束を守ってくれるだろうか？
――俺一人を、憎んでくれ。
そのときだった。
「何を謝ってるんです？」
加藤は幻聴ではないかと、自分の耳を疑った。
信じられない気持ちで、顔を上げた。
ちゃぷんと音がした方を見ると、岩礁の波間に、彼女の顔があった。
一瞬、ぎょっとするが、彼女の顔色は死者のそれではなかった。
彼は慌ててメガネをかけ直す。
にこっ、と彼女が笑った。
「くりす、てぃあ……？」
加藤は呆けたように呟いた。
次の言葉が喉から出てこない。
あの爆風の中を、助かった？
この光景は現実か？

自分の妄想の世界か？

喜びよりも、それを否定したがる自分がいた。

彼女は、背後に横たわる邪神の残骸を振り返る。

「ね、見える？」

「え？」

彼女はそれ以上何も言わなかった。

加藤は波の音だけの世界で、じっと彼女が『見える』というものを探した。

「あ……」

加藤は息を呑んだ。

「みんなが、私を守ってくれたんです」

ぽたぽたと、海に彼女の涙が零れ落ちた。

空へと昇っていく無数の魂――

それは超常現象に違いなかった。

だが、科学の世界に生きている加藤も、神秘性を感じた。

クリスティアの眼差しを知っているからかもしれない。

まるで家族と今生の別れを惜しむような、悲しみと慈愛を浮かべた彼女の横顔。

加藤は、それ以上、彼女に説明を求めなかった。

そして、ふと我に返る。
自分は何をしている？
今、自分は何をすべき立場だ？
（そうだ、そうだった）
彼はよろめいた自分の背中に棒をぶち込むつもりで直立不動の姿勢を取った。
（自衛官らしくないことで有名な僕だけどさ……）
そして、彼は手を額にかざした。
（今くらい、自衛官らしくいなきゃあな）
守るべき者を守った者達へ、守る者として礼を尽くす。
クリスティアが、静かに歌い始めた。
鎮魂歌（レクイエム）だった。
子守歌のようにも聞こえる。
現世に魂が囚（とら）われぬよう、彼女の歌声だけが、戦海（せんかい）にたゆたう。
彼女が歌い終わったとき――
加藤が敬礼の手を下ろしたとき――
オペレーション〝セイレーン〟は、作戦の終了を迎えた。

◇

加藤ら、観測班の報告をメモに取った通信士は、小さな声でそれを蕪木に伝えた。

蕪木は軽く目を伏せ、小さく頷(うなず)く。

ＣＩＣの隊員全ての視線が彼に集中していた。

全員が固唾(かたず)を呑(の)み、その場は水を打ったように静まり返っている。

そして、蕪木はＣＩＣを見渡し、冷静に、しかし柔和(にゅうわ)な笑みを微(かす)かに浮かべて告げた。

「状況、終了」

その瞬間、沸(わ)き起こったのは歓喜の絶叫(ぜっきょう)だった。

ＣＩＣの繊細(せんさい)な電子機器が壊れそうな勢いで、隊員達は作戦の成功を喜んだ。

自分達が、守るべきものを守り抜いたのだと、肩を抱き合って騒いだ。

「状況終了、了解っ！」

「状況終了だ！　おい、みんなに伝えてこいよ！」

「ああ、行ってくる！」

「馬鹿！　持ち場を離れるな！」

「内線かけろ！　艦橋に繋げ！」

ＣＩＣから、直(ただ)ちに艦橋の隊員達にも情報が伝わる。

艦橋でも、隊員らの歓喜で沸いた。

そして、隊員が拡声器を手に、ハッチを抜けてウイングへ飛び出した。

ウイングから見える眼下の岩場には、水底の王国の人々がじっと待っている。そこには、クリスティアの母であるフランシア女王の姿もあった。彼女は、作戦開始からずっと、祈りの言葉を唱え続けていた。

ウイングに現れた隊員の姿に、マーフォーク戦士達が緊張の面持ちになる。

『状況報告！　作戦成功！　レヴィアタン撃沈！　クリスティア姫も無事でありまぁすっ！』

水底の民が歓声を上げた。これほどの純粋な感動を一つの国が共有することなど、そうある話ではなかった。

フランシアの、憑かれたように口にしていた祈りの言葉が途切れた。そして、彼女はただ呆然とする。心労のあまり、状況を整理しきれないのだ。

そのとき――

空から、何かを叩くような音が聞こえてきた。

ヘリだ。

〝いぶき〟に一機だけ常備されている対潜哨戒ヘリコプターＳＨ‐60Ｋシーホークである。

作戦開始前に、レヴィアタン捜索のために哨戒飛行していたのだ。

今は、観測班を乗せて帰還飛行中だった。

そのヘリの中で、一人の少女がはしゃいでいた。

「すごいすごぉーい！　私、空を飛んでる！」

巫女装束（みこしょうぞく）の少女だった。きゃっきゃっと彼女が笑うたびに尾が跳（は）ね、電子機器が水を被（かぶ）る。隊員が慌（あわ）てて布（ウエス）で水滴を拭（ふ）き取っている。

彼女は、空から眺（なが）める自分の故郷の海を目に焼き付けていた。

「あ……」

そして、気付いた。

霧が晴れ、海が凪（な）いでいる。

こんな穏やかな海はいつ以来のことだろう。

それに——

（太陽が昇ってる……）

彼女は日の光に目を細めた。いつもは海面からしか見ることができなかったが、空から見る太陽はまた違った印象だった。

（綺麗（きれい）……）

きっと、空へと昇っていった魂達も、あの太陽を見たのだろう。

彼女はそれを救いだと感じた。

「〝いぶき〟からの誘導電波を探知しました。間もなく到着です」

コックピットから、パイロットの声が響いた。

クリスティアの眼下には、まるで島のように巨大な船が横たわっている。

その隣の岩場に点在している粒(つぶ)のようなものは、仲間だ。空から見ると、海はどこまでも広く、自分達はちっぽけな存在だった。

でも、そんな私達を、同じくちっぽけな存在である人間達が、救いに来てくれた。そして、抗(あらが)いようもない邪神を討ち果たしてくれた。

彼女は、目を見開いた。

〝いぶき〟に接近したとき、太陽と、〝いぶき〟の掲げる旗が重なった。

彼女は、その鮮やかな二つの〝太陽〟を見た。

「太陽の船……！」

純白の下地に赤い旭日(きょくじつ)。

全ての闇と邪を祓(はら)う、太陽の船だった。

彼女は悟った。

この船は、きっと神が遣わしたのだと。

そしてこの船は、全ての救われぬ者を守る盾(たて)となるのだと。

自分達は、この太陽に救われた。

絶望の闇を、この船が照らした。

「……ねえ、カトー様」

「ん？　どうしたの？」

メガネを拭いていた加藤に、彼女は静かに尋ねた。

「私、ここで降りる」

「え？　でも着陸しないと危ない……って、そうでもないか。君、人魚だもんね」

下は海。彼女にとっては、母なる世界だ。

加藤は高度を下げてホバリングするようパイロットに頼んだ。

「お疲れ様、行ってらっしゃい」

加藤は笑みを浮かべて、ヘリのサイドドアを開けた。

回転翼の巻き起こすダウンウォッシュは酷いが、海面まで数メートル。彼女なら飛び込んでも無理のない高さだ。

「うん、カトー様も、ありがとうね」

クリスティアも笑った。

英雄に向けて何か気の利いた言葉をかけようとしても、彼相手だと、何故かひどく場違いな気がして、うまく言葉が出てこない。

「本当に、ありがとう……」

ああ、もっと感謝の言葉とか、人魚の巫女としての恩返しだとか、ないのだろうか。

でも、人魚の肉さえ断るような人達だ。何をしたら喜んでくれるのか、まるで分からなかった。

だから――

「わっ⁉」

加藤が驚きの声を上げる。

彼女は、彼の頬にそっと口づけしたのだ。

「……人魚姫の祝福だよ。船乗りに、永遠の幸運を授けるんだって」

尻餅をついて呆然とする彼にそれだけ言い残すと、彼女はドアから飛び出した。

海面に、水柱が小さく上がる。

加藤は慌てて海面を確認した。

すると、人魚姫が波間から姿を現した。

「みんなぁー！　母様ぁー！」

彼女が叫ぶなり、人魚達は一斉に海へと飛び込んでいった。

唯一の姫君を迎えるために。

自分達のために戦い、生きて帰ってきてくれた彼女を迎えるために。

加藤は上昇するヘリの中からそれを見つめた。

「……任務終了、か。僕らも帰投するとしよう」

加藤はどっと疲れた様子でドアを閉め、身体の力を抜いた。

自分の作戦で人が死ぬ恐怖を味わった。

そして、自分の作戦で人が幸せになる感覚も、また味わった。

◇

荒天の中、この世界に存在しないはずの一隻の船が、波を掻き分けて進んでいた。

風の力を借りるのではなく、自らの力をもって海を踏破する、機械の塊。

海上自衛隊イージス護衛艦〝いぶき〟だった。

この天候は、この海域にやってきたときに経験した。

こちらの世界の、ガレー船や帆船の類では、荒れ狂った天候の中を往復するのは不可能だろう。

だが、〝いぶき〟は満載排水量一万トンクラスの巨艦である。巨大だと言われる帆船でさえ、総トン数は一千トンに満たないのだから、その安定性は桁違いだった。

そして、何より――

「おおい！　篝火を絶やすなぁ！」

「あっちの深度は〝イブキ〟様がお通りになるには浅すぎる、こっちに誘導するぞ！」

猛烈(もうれつ)な風雨の中を、点々と灯(あかり)が連なっていた。

マーフォーク戦士が総出で、外界への安全な進路を示している。

ここに来るときに使用した秘宝〝導きの涙〟は、水底の王国への道のりしか示してくれない。

必要があって誰かをこの地へ導いたとしても、出すことは許さない掟(おきて)が、この人魚の国にはあったのだ。部族の生存圏を確保するための、絶対の掟(おきて)だった。

だが、異界の戦士達だけは特別であると、人魚達の意見は一致していた。

「何と雄々(おお)しい船なのだ、〝イブキ〟様は」

マーフォーク戦士達は、〝いぶき〟の姿を目に焼き付けようとしていた。

国を救った、神に遣わされた船。

太陽の化身として、全ての闇を祓(はら)い、邪を滅(めっ)す破邪(はじゃ)の船。

ご神体信仰とでも言うべきものが、人魚達の間に生まれていた。

「あの人達、〝いぶき〟が『千八百億円の鉄クズ』とか、タチの悪いマスコミに書かれていたなんて夢にも思わないんだろうね」

必死になって〝いぶき〟を誘導してくれている人魚達を双眼鏡で眺(なが)めながら、加藤はそんなことを呟（つぶや）く。

「気象班によると、レーダーに映っている雲からは、間もなく抜けるそうです」

「これで人魚の海ともお別れか」

加藤は双眼鏡を再び覗（のぞ）いた。

「あ……」

誘導の指揮（しき）を執（と）るクリスティアがいた。

戦士達をよく束ねており、また指揮（しき）される戦士らにも彼女への信頼が見て取れた。

お転婆（てんば）娘という印象は拭（ぬぐ）えないものの、彼女はあれ以来すっかり大人びたような気がする。

加藤はふっと笑った。

（きっと、国を背負ったからなんだろうな……）

あのとき、あの場に彼女と共にいた彼にはそれが分かった。

彼女は、母親の跡を継ぐにふさわしい王となるだろう。加藤はそう確信した。

――と、双眼鏡の先で、彼女らが笑った。

「母様、行ってしまいますね、異界の戦士達が」

「ええ、行ってしまうわ……」

クリスティアは徐々に小さくなっていく巨艦の姿を見送った。

寂しくはあったが、悲しくはなかった。

きっと、あの人達はこれからも、自分達のような者を救っていくに違いない。彼らは、それゆえに滅んでいくかもしれない。だとしても、自分の中にある彼らと共に戦った記憶は、かけがえのないものだ。たとえ、彼らが異界の悪魔だと罵(ののし)られることになったとしても、自分だけは彼らの姿を歌い続けるだろう。

彼女は、すう、と息を吸い込んだ。

そして、晴天の世界へと漕(こ)ぎ出していく彼らに捧げる。

〝セイレーンの呼び声〟を。

彼らが、無事に元の世界へと帰還できるように。

神が、彼らを正しき道へと導いてくれるように。

ただただ、歌い続けた。


ボォオオオオオオ！

水平線の向こうへ船影が消えようとしたそのとき、〝いぶき〟の警笛(けいてき)の音が、彼女の歌に応えた。

荒々しい音色は、人魚の海から初めて生きて出た船としての、勝利の咆哮のように聞こえた。

だが、彼女らには分かった。

それが、〝いぶき〟の別れの言葉なのだと。

# 終章　王都への帰還

人魚の海を抜けてからのイージス護衛艦〝いぶき〟の帰路は、それまでの死闘を天が労うかのように穏やかだった。

自分達の行為が、これからどんな意味を持っていくのか、気にならないではなかった。だが、多くの末端の隊員にとって、そんな大きなことは考えるだけ無駄だった。

それよりも、最近はすっかり食堂に馴染んで食事を共にするようになった、内地軍の若い騎士達と話をした方が良い。

「ちゅうことはさ、君らが陸に上がったら、内地軍の将軍に今回のことを報告するわけ？」

騎士達が科員食堂で食事を取っていると聞いて、わざわざ士官室からやってきた加藤がそう尋ねる。

「うむ、そうだ。しかと伝える覚悟だ。貴公らが、敵ではないし、敵にしてはならない相手であるとな」

騎士達の代表格であるユラウスが答える。

ケタケタと笑う声。

「堅いなぁ、もっとオブラートに包んだ言い方してよー」

女性自衛官の松山士長が、サラダをフォークでつつきながら軽口を叩く。

だが、ユラウスの表情は険しいままだった。

「頭が堅い上層部なのだ。こっちも堅くないとその頭を叩き割れんのさ」

ユラウスは彼なりに、陸に上がってからのことを危惧しているらしかった。その表情は微かに緊張で強張っているように見える。

そんな彼の生真面目さに苦笑した魔法騎士のディアナが口を開く。

「それよりもさ、水と食糧の件、私が話をつけておくことにしたわ」

「ディアナさんが？」

ディアナは妖艶に長髪を掻き上げた。

遠くから、若い男性隊員らが彼女を盗み見ている。

「ええ。私の家は、内地の穀倉地帯にも都の商人にも顔が利くの。貴方達の陸軍への食糧供給を、すぐにやらせるわ。ああ、代金なんて気にしなくていいわよ。私の家、それなりに裕福だから」

「ほとぼりが冷めれば女王陛下のお約束通り、国が肩代わりしてくれるだろうしな」

ユラウスは付け加える。

　当初と比較すると、信じられないくらいに友好的だった。加藤はその成果に目を丸くし、松山は苦笑した。

「陸軍じゃなくて陸自ね」

「……前から疑問に思っていたのだけれど、陸軍と水軍と呼んでは何か悪いことでもあるの？」

「あるよん。憲法上の理由で」

「は、はぁ……？」

　彼らの世界は、国家が軍事力を何よりも優先するのは当たり前だった。だから、軍隊が軍隊であることを名乗れない法を持つ国が存在するのを、なかなか理解できないらしい。

　そんな会話をしているときだった。

　ピンポンパン、と警告音ではない穏やかな艦内放送を知らせる音が鳴った。

『連絡。セイロードが見えました。繰り返します、セイロードが見えました。乗艦中の方で、上陸まで街をご覧になりたい方は艦橋までお越しください』

　騎士達と隊員達から、静かな安堵のため息が漏れた。

　帰ってきたのだ。

　あの、死の海から。

「帰ってきたんだな……」

「そうね……」

騎士達は、喜ぶ反面、どこか複雑そうだった。

隊員達はそんな彼らを若干訝しむ。

「……本当なら、貴方達は国を挙げた凱旋パレードがあっても良いはずなのにね」

ディアナが悲しそうに呟く。

この船に乗る異世界の戦士達のなした功績は、紛うことなき英雄のそれである。

だが、彼らには何一つの栄誉も与えられない。

こんな理不尽が許されていいのだろうか。

そして、騎士達は、それを全く気にしている様子のない自衛官達も理解できなかった。

松山が食べ終えたトレーを手に席を立つ。

加藤も、そろそろ幹部達の社会に帰らなければいけなかった。

「ま、苦労したのに誰にも感謝されないなんて、自衛隊としたら当たり前のことだよ」

加藤が皮肉を口にする。

ユラウスが、その血気盛んで若い顔を曇らせる。

「それでも、貴公らは戦い続けるのですね」

加藤が苦笑で応じ、去っていく。

幹部がいなくなったことで、一般隊員達からほっとした雰囲気が漂う。

「ま、そんなための組織だしね」

にっと、こともなげに笑って出ていく松山の小さな背中を、ユラウスは見送った。

そのための存在。それは騎士も同じことだ。

だが、騎士は民を守るための存在だからと、不遇に遭ったときに我慢できるのか。おそらく、できないだろう。

しかし彼らにはそれができる。それが務めと前へ進む。彼らは多くを語らない。語らないがゆえに理解されない。語ったとしても、理解されないのかもしれない。だから、彼らは自身に課せられた任を愚直なまでに実行する。ただそれだけを自己の存在の証として。

彼らは、泥にまみれた栄光なき英雄達だ。

「ここからは、我らの戦いやもしれんな」

「彼らみたいに、誰にも理解されなくても、戦い続けることができるかしら？」

「できるできないの話ではない」

ユラウスは腕を組んだ。

彼の顔には、固い決意が見える。

「やるしかない、のね……」

ディアナは肩を竦めた。

自分達の戦いはまだマシだ。

彼らのように、孤立無援で戦うわけではない。自分達は、内地軍の中でもそれなりの地位にある家柄の者ばかりだ。若いからといって、無下にはできまい。

騎士達が甲冑と剣の音を打ち鳴らして席を立った。

「さあ、行きましょう。王都が見えるそうよ」

◇

クレーンで作業艇が海へと下ろされている。

内地軍の騎士達と、ヴィルヘルミーネがそれに乗ろうとしていた。

〝いぶき〟の甲板には、制服姿の蕪木と加藤が立っている。

「長旅、お疲れ様でした」

「いえ、これだけの距離を航海した割には、驚くほど短い時間でした」

蕪木の言葉に、ヴィルヘルミーネが柔和に笑う。

「本来、出会うはずなき世界にある我らが、こうして出会った数奇に感謝したい」

彼女は手甲をはめた手を差し出した。

「平伏よりも、将軍にはこの方が良いのではないかと思う」

「ご配慮、どうも」

燕木は彼女の手を握った。

すると、内地軍の騎士達が一斉に姿勢を正す音が響いた。

続いて、抜刀の鋭い音も甲板に響く。

何人かの隊員が、その行為に驚き身構えた。

だが、それは儀礼のための抜刀だった。

ユラウスは、剣を眼前にかざす礼を執った。

「カブラギ将軍、そしてカトー参謀！　我らマリースア内地軍、貴公らと共に戦えたことを、無上の誉れといたす！」

現代人からすれば、時代錯誤とも言える儀礼だった。

彼らが重んじるそれは、現代日本では忘れ去られて久しい概念なのかもしれない。

〝名誉〟というもの。

身分がなくなり、科学が進歩し、人が平等で傲慢になった今の時代では成り立たないもの。

だが、自衛官達は誰も笑わなかった。

あの死の海で、彼らと共に戦った。短い時間でも、彼らと自分達は同じ目線に立った。

燕木と加藤が、自衛隊式の挙手の敬礼を返した。

「我々も、貴官らと共にあることができたのを嬉しく思う」

燕木が冷静に、それでいて真摯に若者達へと正対する。

いつの世も、変革をもたらすのは若き力だ。

既得権益にあぐらをかいた老害が、時代を良い方へ変えた歴史など存在しない。

若者は、その実直さで世界を切り開いていく可能性を秘めていると、蕪木は思った。

「頼むよ。内地軍を説得してくんなきゃ、僕ら、干上がっちゃうから」

加藤の開けっぴろげな言い方に、笑い声が互いに漏れた。

「任されよ。貴公らに負けぬよう、我らも命を懸ける所存なり」

「私達は、本物の義に触れた。それを神に誓って忘れないわ」

若者達の目は真剣だった。

蕪木の中に、異世界であっても、人の心に宿るものは同じなのだと、静かな感動が湧いた。

「過分な言葉に感謝する」

普段の寡黙な彼では考えられないようなことだったが、もう少し、彼らとの絆を確かめたくなった。

「たとえ奉じる旗は違えど、この船で共に戦った者同士、こう呼ばせてもらいたい」

彼は、若い騎士達の顔を一つ一つ見つめ、そして言った。

「ありがとう、戦友諸君！　貴官らの前途に幸あることを祈る！」

並んだ騎士達の目に涙が浮かんだ。

かざした剣が震えている。

自衛官達も、そんな彼らの純粋な姿に胸を打たれた。

現代人である彼らは、〝名誉〟を生きる柱とする人間を目の当たりにした。

そして、時が来た。

作業艇に、ヴィルヘルミーネと騎士達が乗り込んでいく。

ピィーフィイ……

海自の伝統的儀礼として、掌帆長（しょうほちょう）が見送りのサイドパイプを吹奏（すいそう）する。口の端にくわえる笛（ふえ）の音色は、海鳥がさえずるように海に鳴り響いた。

作業艇がエンジンを噴かしながら艦を離れ、セイロードの岸壁へと向かっていく。

「さようならぁ！」

「機会があったらまた来いよぉ！　カレー作って待ってるからなぁ！」

隊員らは帽子を振ってそれを見送った。

騎士達もまた、手を振り剣をかざし、それに応える。


「本当に、不思議ね……」

「そうだな」

ディアナが潮風に髪を揺らしながら、ユラウスの肩にそっと顔を寄せた。

「まるで、故郷を離れるみたいに名残惜（なごりお）しいんですもの……」

そんな穏やかな時の流れの中、それは起こった。

ズン、と腹に響く爆音。

作業艇に乗った騎士達が、一斉に母国の都を見た。

そこには、黒煙が上がる市街。

そして、けたたましく、何かが鳴り響く音。

「お、おい、あれって……」

作業艇の乗組員が、青ざめた顔で呟いた。

「銃声じゃねえか？」

# エピローグ　お供（そな）えもの

後日――

セイロード湾に異世界からの船が停泊するようになって、しばらく経ったときのことだった。

その日の朝、イージス護衛艦〝いぶき〟で当直として周囲の警戒に当たっていたウイングの航海科員が、ふとあるモノに気付いた。

「んー？」

双眼鏡を掲げた。

最初は、何か魚の群れが跳（は）ねているのかと思った。

次に、どうもイルカか何かの群れが回遊してきているようだと感じた。

最後に、それが人魚であると判別できた。

緊急連絡、と言うほどでもない内線電話を上官へかける――

「……はぁ？　マーフォークの群れがセイロード湾の本艦近くにやってきてる？　なに寝

言を言ってんのさ？」

加藤二等海佐は、首席幕僚の個室にかかってきた内線電話の音に叩き起こされると、寝ぼけ眼のまま怪訝な表情を浮かべた。

二十四時間態勢の護衛艦での暮らしとはいえ、休みの日がないわけではない。加藤はたまの非番くらい、昼まで寝ていたいダメなタイプだった。

「分かった、分かったよ。行くってばもう。本当に見間違いじゃないんだね？」

彼は渋々、制服に着替えた。

「おはよー」

たっぷり二十分ほどしてから、艦橋へと彼は上ってきた。非番のつもりなので、敬礼も堅苦しい口調もなしである。その上、片手には目覚ましのコーヒーまで準備している。

そんな上官に軽い殺意を覚えながら、当直の隊員らが敬礼し、彼をウイングへと促した。

「うー……休みの日くらい、こんなド早朝の朝日は拝みたくないよ」

「そんなことよりあれを！」

ニートを相手にしているような感覚に陥りそうな当直幹部が、彼に双眼鏡を無理矢理持たせた。

「へえへえ、えーと、ジュゴンだかマナティだかがいるんだって？　どれどれ……」

コーヒーをすすり、大昔の人魚伝説の元となった海棲動物のことを呟きながら、加藤は双眼鏡を覗き込んだ。

「あー！　カトー様ぁ〜！　ひっさしぶり〜！」

「ブフゥッ⁉」

加藤は口の中のコーヒーを派手に噴き出した。

双眼鏡の先に、海面で元気いっぱいに手を振っている女の子がいる。

海草色の髪に、快活そうな表情。間違うはずもない。クリスティアだった。

「く、クリスティアちゃん！　こんなとこで何してんだ⁉」

加藤は、艦橋のウイングから下の海面に向かって大声で叫んだ。

ＳＰＹレーダーのレドーム代わりであるイージス艦の艦橋は、普通の艦船に比べて特に高い位置にあるため、下まではビル五階分くらいの高さがある。

「何って、みんなと巡礼に来たんだよ〜！」

「じゅ、巡礼ぇ？」

加藤はさっぱり意味が分からなかった。

独自の海洋信仰を持っている彼女たちが、マリースアの教会に何か特別な思い入れがあるようには見えなかったが。

「そうだよぉ〜！　〝イブキ〟様にお供えものがしたいって、みんなが言うからさぁ〜！」

彼女が振り返ると、わざわざこしらえてきたのか、立派な筏の上に、大量の海の幸や海底火山から取ってきた美しい宝石などの宝物が載せられていた。

「〝イブキ〟様？」

加藤は聞き慣れない単語に首を傾げた。

そんな神様がこの世界にいるんだろうか？　ヴィルヘルミーネのような教会の人に聞いてみるべきなのだろうか。

（――って）

しばらくして、その単語が全く聞き慣れないものではないことに彼は気付いた。

「〝イブキ〟様って、この護衛艦〝いぶき〟のことか⁉」

隊員達が全員唖然（あぜん）とした。

機能性だけを追求した角張ったフォルム。味気ないグレーの海洋塗装。この物体から神秘性を見出（みいだ）す部分が、果たしてどこにあるというのか。

だが、と加藤は思った。

考えてみれば、彼女らマーフォークにとって、この船は文字通りの最後の希望だった。

そして、邪神を討ち滅ぼした破邪（はじゃ）の存在である。思い出にかなりの補正がかかっていることを想像するのは、たやすいことだった。

そもそも〝いぶき〟は、この世界に本来は存在しない、オーバーテクノロジーの塊（かたまり）である。

彼女らには船というより、別種の何かだという印象が強いのかもしれない。全長百七十メートルの一万トン級巡洋艦など、この世界では建造できないだろう。それに、イージス艦のレーダー艦橋やステルス性を追求した船体は、この世界の船の形から大きく逸脱(いつだつ)している。風や人力に頼らず自力で航行しているのも、生き物のように見える可能性がある。

「ああ、〝イブキ〟様、貴方(あなた)様のお陰で魚が海に帰ってきました……」

「珊瑚礁(さんごしょう)の成育も順調でございます……イブキ様」

「どうかこれからも我らの国をお守りください」

「護(まも)り衛(まも)る海の化身よ、どうか永久の平和を……」

なんだ、この絵面(えづら)は……

加藤と当直の航海科員が顔を見合わせる。

とにかく、この海上自衛隊いぶき型ミサイル護衛艦一番艦〝いぶき〟が、彼女らの神なのだ。

そういえば、イージス艦の〝イージス〟とは元々、ギリシャ神話に登場する、全ての邪悪を打ち払う盾(たて)のことだ。それを思えば、この船が神と全く無関係とも言えない気がする。軍用艦にしては、ずいぶんと洒落(しゃれ)た名前を付けたものだった。

「どこぞの国のミサイル発射実験のときに、出動先で〝疫病神(やくびょうがみ)〟って、市民団体に抗議されたことはあったけどなぁ……」

加藤がげんなりして呟(つぶや)く。

だが、朝日に照らされた〝いぶき〟に参拝する人魚達は、皆一様(いちよう)に幸せそうだ。

この世界の神は気まぐれだという。豊穣に生贄を求める神もいれば、平穏を約束する代わりに服従を要求する神もいる。

それに比べれば、この鉄の塊など、まだ良心的なのかもしれない。

その建造理由と、護衛艦というカテゴリーに忠実である限りにおいて、この〝いぶき〟は彼女らの神でも良いのではないだろうか。

「お昼までには帰るからさぁ～！　良いよねぇ～!?」

「ああ、良いよ！　遠路はるばる、お茶の一杯でも出したいけどさ」

「お構いなく～！」

対岸のセイロード港では、人魚達の賛美歌が聞こえたのか、ざわざわと人が集まり始めている。

神話の時代から、今まで神秘に包まれてきたはずの人魚達が、こうも堂々と人前に姿を現しているのだから、驚かない方がおかしかった。

加藤は一瞬、彼女らの肉を狙う密猟者の存在を危惧したが、彼女らは艦の周辺から離れる様子はない。

対水上レーダーと当直が、こうして二十四時間態勢で監視している護衛艦である。密猟者など来ようものなら、それこそこの〝いぶき〟の主砲が黙っていないだろう。

「なんだ。結構、お前、神様らしいんじゃないか？」

加藤は苦笑し、〝いぶき〟の装甲をぺしぺしと叩いた。
朝日に照らされたグレーの船体が、赤く染まっている。
その光景はどことなく、〝いぶき〟が照れているように、加藤には見えたのだった——

大人気小説「月が導く異世界道中」が
PCブラウザゲーム化!
月が導く異世界道中
Tsuki ga michibiku isekai douchu
新たな魔人と共に紡ぐ、
もう一つの「月導」
月が導く異世界道中 PC online game
2017.SPRING
coming soon!!
Kei Azumi ©AlphaPolis Co., Ltd. ©FUNYOURS Technology Co., Ltd. キャラクター原案:マツモトミツアキ・木野コトラ

とあるおっさんのVRMMO活動記
PCオンラインゲーム
絶賛サービス中
ワンモア・フリーライフ・オンライン
とあるおっさんのオンライン活動記
上級クラス実装で
新たな展開へ!
キャラクター固有のスキルを自由に組み合わせ、
自分だけのコンビネーションを繰り出そう!
詳しくは http://omf-game.alphapolis.co.jp/ へアクセス!
©2000-2016 AlphaPolis Co.,Ltd. All Rights Reserved.

ネットで人気爆発作品が続々文庫化!

## アルファライト文庫 大好評発売中!!

みんな勇者なのに俺だけ料理人!?

7人の同級生(クラスメイト)が異世界へ!

# セブンスブレイブ 1~2

チート? NO! もっといいモノさ!

**乃塚一翔** *nozuka issyou*　illustration 赤井てら

**いつもの昼休みのはずが……**
**教室丸ごと強制召喚!**

7人の同級生が異世界に召喚された。他の6人は圧倒的な力を手にしたものの、主人公・戌伏夜行だけは何の能力もない、ただの料理人として過ごすことに。そんな夜行が仲間とはぐれ、魔物が犇めくダンジョンへ!?　敵に追い詰められ、絶体絶命の危機に瀕した時、夜行の隠された力がついに目覚める!　ネットで大人気!　7人の個性派勇者が繰り広げる異世界冒険譚、待望の文庫化!

文庫判　各定価：本体610円+税

アルファライト文庫

本書は、2013年10月当社より単行本として
刊行されたものを文庫化したものです。


ルーントルーパーズ2　自衛隊漂流戦記

浜松春日（はままつかすが）

2017年3月24日初版発行

文庫編集－中野大樹／篠木歩／太田鉄平
編集長－塙綾子
発行者－梶本雄介
発行所－株式会社アルファポリス
〒150-6005東京都渋谷区恵比寿4-20-3恵比寿ガーデンプレイスタワー5F
TEL 03-6277-1601（営業） 03-6277-1602（編集）
URL http://www.alphapolis.co.jp/
発売元－株式会社星雲社
〒112-0005東京都文京区水道1-3-30
TEL 03-3868-3275
装丁・本文イラスト－飯沼俊規
装丁デザイン－ansyyqdesign
印刷－株式会社廣済堂

価格はカバーに表示されてあります。
落丁乱丁の場合はアルファポリスまでご連絡ください。
送料は小社負担でお取り替えします。



ISBN978-4-434-22973-2 C0193